ミネルヴァ＝アンヴェール

アントン=セレンソン

目次

006 開店前
009 一皿目 老将オーガスタス=グリーナウェイ
017 二皿目 若き冒険者たち
026 三皿目 刀鍛冶ゴットホルト
043 四皿目 女王補佐官ジョーゼフ=アダムス
054 五皿目 神童アントン=セレンソン
075 六皿目 サーヴァド族のラント
089 七皿目 採掘家集団パパ・パタータ
098 八皿目 オルゾ半島の学者たち
127 九皿目 デザイナーバイオレット
139 十皿目 軍部戦略室ミネルヴァ
150 十一皿目 地獄の門番グラハム=バーン
167 十二皿目 薬学研究者エミール
202 十三皿目 軍部訓練所の若き軍人たち
248 十四皿目 転移紋の管理者テレーズ=カサドゥシュ
295 十五皿目 星降る夜の王女
308 おまけの一杯 少年たちの夏休み

330 あとがき

おでん屋春子婆さんの偏屈異世界珍道中 1

紺染 幸

BRAVENOVEL
ブレイブ文庫

開店前

大根が煮えるやわらかいにおいが部屋に満ちている。

ふきんでこしたかつおと昆布が香るだし汁を大きな鍋に入れ、洗った湯気の出る大根を放り込む。

砂糖の壺から手で確かめた量を入れ、酒、醤油、みりんの瓶からこれもまた量りもせずに感覚で鍋に注ぐ。

切れ目を入れられたこんにゃく、つるりと剝かれた卵がざるにのって、まだかまだかと出番を待っている。

ことこと。

くつくつ。

小さな音とだしのにおいをいっぱいにはなって、鍋は沸く。


春子はおでん屋である。

大変昔ながらの、屋台のおでん屋である。

歳は忘れた。役所で何か手続きをするときに思い出す程度で、とにかくずっと婆さんであることだけは間違いない。

昔ながらのリヤカー式の屋台を引いて、昔とはすっかり変わってしまった街で、ただ、ただ、おでんを売っている。

酒は酒だけ。ひとり二合まで、銘柄はひとつ。冷ならそのまま、燗なら徳利に入れてとことこと温める。

おでんのほかは梅干の入った白ご飯にごま塩をまぶした握り飯と、甘いいなりずし。

四人も座ればいっぱいの木の椅子で、すでに何軒も回ってできあがった会社員等が会社の愚痴をこぼすような。

ただただ、おでん屋である。

今日も仕事に出ようと家を出て、近くの薄汚れた小さな稲荷で、屋台を引きずった春子は足を止めた。

誰にも手入れをされていない、小さな小さな稲荷だ。

祠《ほこら》は苔むし、草はぼうぼう。お狐さんの色あせて白くなった前掛けと帽子が侘《わび》しい。

だったら掃除なりなんなりしてやればいいじゃないかと言われるかもしれないが、あいにく春子はそのような慈愛を持ち合わせていない。

金と自分の得になること以外は死んでもしない主義なのである。

そのお狐さんの前に、春子はしゃがみ込みがんもどきがのった皿を置いた。

これは慈愛ではない。投資である。

こんな寂れたところならほかに祈る人もいないだろうから、狐さんも恩に感じて商売繁盛をもたらしてくれるかもしれない。

そういう期待を込めた、欲である。

油揚げでなくがんもどきなのは、なんとなくである。

捧げものが揃いも揃って油揚げじゃ、さすがの好物でも飽きるだろうと春子は思っている。

ぱん、ぱんと礼もせず春子は柏手《かしわで》を打った。

春子は人に頭を下げるのが嫌いなのである。

二回目の柏手を終え閉じていた目を開くと、そこは知らない世界であった。

一皿目　老将オーガスタス＝グリーナウェイ

「……あ？」

「何者かね」

石造りの壁を見渡していると、しわがれた声がかかった。

振り向けば妙な格好をした外国人の爺さんがひとり。

白髪の長い髪。学生服を白くして長くしたような服を着て、そこにじゃらじゃらと重たそうな勲章を揺らし、軍人のように背を伸ばして椅子に腰かけている。

てめえが誰だよと春子は思った。

「おでん屋だよ」

「オデンヤ？」

爺さんは首をひねった。

春子はつかつかと屋台に歩み寄り、パカッと蓋を取った。

「おでん」

「オデン」

ほこほこと上がる湯気を、爺さんが見て、すんすんと鼻を動かした。

「ふむ、嗅いだことのない香りだが、これだけでもうまいのはよくわかる。ご婦人、ひとついただけるか」

「はいよ。なんにする」

春子は菜箸を取った。

問われて男はまたじっとおでんを見た。

「なるほど種類があるのか。不勉強で申し訳ない。ご婦人のおすすめを三種類ほど頂けるかね」

「はいよ」

話のわかる爺さんだ、と春子は思った。

これぐらいの歳でぼけていないのに、初見のものを知ったかぶりもせず、ためらいなく人に任せるのは相当の出来物《できぶつ》だ。

大根、卵、こんにゃくをのせた皿に、お玉でだし汁をかける。汁につかない皿の端に黄色いからしをのせる。好みがあるので春子は多めにつけるようにしている。

「酒はどうする」

「酒があるのか。ではいただこう」

「冷かい、燗かい」

「ヒヤ？　カン？」

「冷たいのと熱いのどっちがいい」

「では冷たいので」

「はいよ」

一升瓶を傾けて、ドボドボと酒屋のマークの入ったコップに注ぐ。

箸と皿、コップを、屋台の椅子に腰かけた男の前に置いた。

「箸使えるかい？　フォークを出そうか」

ハシ？　と爺さんが首をひねったので面倒になりフォークを置いた。

昔は置かなかったが、最近は外国人の客も多いのでフォークも用意している。

当たり前のものにいちいち大袈裟に騒ぐ奴らだが、別に春子は食ってくれるなら相手はなんだって構わない。

「では、いただこう」

手を顔の前にやって何か祈りのようなポーズをしてから男はフォークを手に取った。

フランス料理じゃねえぞと言いたくなるほど優雅に大根を割る。

割った大根の断面を、爺さんは覗き込む。

「これは、カブかな？」

「大根だよ」

「ふむ」

男が大根を口に運ぶ。

ひと口嚙み、驚いたように目を見開いた。

「じゅわっと……じゅわっと……まるで飲み物のような、いや違う、確かに柔らかな筋がある。

いや、これはうまい！」

「そうかい」

春子が売るのはおでんだけなので、媚は売らない。

「酒は二合までだよ」

「ああ、そうだった酒もあるのだった。いただこう」

おっとっとと零れないようにコップを持ち上げ酒を口に含み、また男が目を見開いた。

いちいち大袈裟な野郎だなと春子は思う。

「なんだこれは！　なんて澄んだ、研ぎ澄まされた味なのだ！」

「そうかい」

「合う！　実にうまい！　この汁も飲みたいのだが、スプーンはないのだろうか」

「汁ぐらい口つけて飲みな」

「なるほど、そういう作法なのだな。ではそうさせていただこう」

ちゅ、と口を、髭につかないように器用に皿に当てて男は汁を飲んだ。

「つあ――！」

何とも言えない声で爺さんは唸った。

なかなかわかってるじいじゃないかと春子は心の中で頷いた。

爺さんは必死になって、はふはふと皿の上のものを口に運んでいる。

「素晴らしい！　皆同じスープで煮込んでいるにもかかわらず、それぞれがそれぞれうまい！

なんと高級なたまごだ、まったく臭みがなくプリプリ！　このよくわからない弾力のあるものも味が染みていて実に味わい深い。そして何より体の温まることときたら！　ありがとうご婦人、なんだか力が湧いて二十歳は若返ったような気がする。もっと、もっとできることならば全てをいただきたいが、あいにく時間だ」

「そうかい」

じゃ、金出しなと春子は手を出した。

「うん、それはそうだ。申し訳ないがご婦人、私は今金の持ち合わせがない。このような素晴らしい品にこのようなもので申し訳ないが、足りるだろうか」

男が出したのは金のブローチだった。

本物かどうかわからないが、たかが三品にコップ酒一杯。まあいいよと春子はそれをお代用のざるに置いた。

「ありがとう！　ああすっかり体が軽い。では参ろうぞ！　アステールが誇る、老将オーガスタス＝グリーナウェイここにあり！　身の程知らずの蛮族に目にもの見せてくるわ！」

はっはっはと高らかに歌いながら爺さんは去っていった。

春子は菜箸を置き、おでんに蓋をした。

そして顔を上げると、

「あ？」

色褪せた前掛けをかけた狐がそこにいた。

いつもの、家の近所である。

春子は焦った。ついに自分のおつむりも、ぼけがきちまったようだと。

慌てて屋台を見ればそこには、汁まで空になった皿、ガラスのコップ、フォークがきちんと置かれていた。

「あ?」

お代のざるを見る。

あの爺さんにもらった金のブローチと、何故か大根、たまご、こんにゃく、酒一杯ぴったりの代金が置いてある。

「……取りすぎちまったじゃないか」

春子はぎろりと狐さんを睨みつけた。

金は好きだが、足し引きの合わないことをするのは嫌いなのである。

もしかしたら何か言うかもしれないとしばらく睨《にら》んでいたが何も起こらないので、仕方なく屋台を引きずり、春子はそこを離れていった。

◇　◇　◇　◇　◇

「グリーナウェイ殿!」

四十代くらいの軍人が、長い白髪を揺らして騎馬にて戦場に現れた歴戦の老将オーガスタス

＝グリーナウェイに敬礼する。

「戦況はどうだ」

「戦況と言ってよいのやら……相手は軍ではなく、どうやら隣国から追われただけの、ただのならず者集団と見えます」

「なんだつまらん。また宣戦布告の機会を逃した」

心からつまらなそうに言う老将に軍人は目を見開く。

「宣戦布告でございますか……」

「爺が何を言うと思うだろう。それにふさわしき若き日からの、わしの見果てぬ夢だ」

すっと目を細めて戦う男たちを、鋭く彼は見る。

「……後方におる黒馬の上の男を狙え。あれが大将。残りは烏合の衆よ、あれさえ取ればあとは簡単に片付こう」

「現場に指示を出します。グリーナウェイ殿はここにお控えください」

「あいわかった。老体が出張って君らに面倒をかけるのも忍びない」

グリーナウェイは馬を降り、よっこらしょっと天幕の中の椅子に腰かけ、ふうと息を吐いた。

せっかくぽかぽかしていたというのに、心は走り出したくてたまらないというのに、誠に残念至極である。

足も腕も軋む。引退。そんな文字が頭にちらつく日がなかったわけではない。

だが違う。まだだ、とオーガスタスは思う。鷹の目で戦場を睨みつけながら。

忘れかけていた何かが心の中がぐつぐつと音を立てている。今ではないだけ。まだそのときではないだけだ。老将オーガスタス＝グリーナウェイのなかで静かに、火傷しそうなほどに熱い何かが煮えながら、そのときを待っている。

二皿目　若き冒険者たち

「クソッ！」

剣士ルノー＝クルージュは叫んだ。

アステールの南にある、パラスリス活火山六階層。

ここのボスであるファイヤードラゴン討伐のためダンジョンに潜ったルノーは、倒れた僧侶ジーザスの体を支えながら道を引き返している。

「クリフ！　毒消しとポーションの残りは？」

「毒消しはもうない。普通のポーションが三本だけだ。あんなに持ってきたのに！」

アイテム師のクリフが割れた眼鏡のまま言った。

彼の背負う箱には倉庫の機能があり、ひと部屋分ほどの荷物を、劣化させずに運ぶことができる。彼が祖父から受け継いだ、大変に貴重なものだ。

「ちくしょう！」

格闘家のバートが焼け焦げた髪のまま悔しそうに叫んだ。

全員満身創痍。倒しきれず、命からがらようやく逃げ切った。

「地上に戻るしかない……でも転移紋のある場所は二階層下だ。……毒を受けた奴、手挙げろ」

魔術師のロミオ、格闘家バートが手を挙げた。ふたりとも顔色が悪い。

「……残りのポーションをジーザスに使ってもいいだろうか。ジーザスも毒を受けてる。このままじゃ……」

「……大丈夫だルノー、それはみんなの分として取っておいてくれ。僕はもう魔力が残ってない。回復魔法を使えない僧侶なんかただのお荷物だ」

ゼイゼイと喘ぎながら僧侶ジーザスが言う。いつも白い顔が、今は青いほどになって死相を浮かべている。

涙を浮かべルノーは僧侶の顔を見た。

リーダーである自分の判断ミスだった。まだ自分たちに、ここは早すぎたのだ。仲間の回復を優先し自分を後ろに置いたから、彼は今こうなってる。

「そんなことを言わないでくれ！　仲間じゃないか！」

「……あの日、ギルドで出会ったときに決めたんだ。呪われた白歌の民の僧侶なんかを、快くパーティーに入れてくれた君たちに、何があっても尽くすと。君たちのお荷物になんかなりたくない。今まで楽しかった。君たちといることで、生まれて初めて、生きててよかったと思いながら生きられた。置いて行ってくれルノー。十分だ。僕は短くても、十分に生きた。楽しかった。本当に、本当に楽しかった。……だから僕は、ここでおしまいでいい」

「ジーザス！」

涙ながらにそんなやり取りをしているパーティーの横に、突然ボンッと何かが現れた。

敵かと思った格闘家バート、魔術師のロミオがルノー、ジーザスを守るように間に立つ。

もうもうと湯気が立つ、それは。

「あ？」

しわしわの魔法使いのようなお婆さんが、不機嫌そうな声を上げた。

冒険者たちははっふはっふと息を吐きながら、『オデン』を食べている。

魔女が差し出した温かそうなそれを、ごくんと唾を飲み込みながらみんなで見つめ、なにがなんだかわからないけどどうせこのままなら死ぬのだからと口に運んだ。

ルノーはダイコン、ヤキドーフ、コンニャックを。

魔術師ロミオはチクワ、ガンモドキ、イトコンニャックを。

格闘家バートはダイコン、ゴボーテン、ソーセージ。

アイテム師クリフはコンブ、じゃがいも、アツアゲを。

はっふはっふと、自分が何を食べているかわからないまま汗をかきながら食べている。

寝転がって出された水だけ飲んだジーザスの顔色が、さっきよりもいい。

「ばあさん酒もくれ！」

「あ？」

叫んだバートを婆さんはぎろりと睨みつけた。

「……お酒をくださいご婦人」

「成人だろうな小僧？」

「はい」

「熱いのと冷たいの、どっちにする」

「冷たいので」

「酒なんか飲むなよ、バート！」

「いいじゃねぇか景気づけだ。ところでルノー、なんか毒治ってねぇ？」

「……あれ？」

ルノーは言われて自分の体の状態に気がついた。

体全体にあった重みがなくなり、極限状態だった体力が、戻っている気がする。

歩くのさえしんどかった足が痛くない。体をぽかぽかと血がめぐり、指の先まであたたかい。

高級ポーションを飲んだわけでもないのに、いったいどうしたわけだろう。

皆も不思議そうに戸惑った表情で己の手のひらを見ている。

そして、はっと皆空《から》になった皿を見た。

残った汁から、まだほかほかと柔らかな湯気が上がっている。

「……フーリィの祝杯？」

この国を作ったのは大きな白い狐だという伝説がある。

どこか天よりも高い世界から舞い降りた神の使いであるというその狐、フーリィは。

不毛の大地に水を、風を、光を、火を与え。

ひと声高らかに鳴いて、また主人である神のもとに舞い戻ったのだと。

だから狐は神聖化され、街のあちこちに、その姿を象《かたど》った石像が立っている。

神の姿を象る像を作ることを神はお許しにならないので、その使いである狐を信仰の対象としているのだ。

そのフーリィはときどき気まぐれに地上に現れて、人が愚かな行動をしていないか、じっとその金色の瞳で見ているのだという。

善い行いをしたものにはこれもまた戯れに、不思議な力のある食事『フーリィの祝杯』を与えて去っていくのだと。

フーリィを見かけたら名前を呼んではいけない。正体を悟られるとそれは天に帰ってしまうから。

フーリィの祝杯をいただいたらそれを人に話してはいけない。フーリィは幸福を見せびらかす人の愚かさを嫌うから。

その杯を得る幸運なものは過度の敬いをせず、ただ自然に、どこまでも素直に、その幸運をただ受け入れればよろしい。

「……フーリィは婆さんだったのか……」

「そういう姿をとっているだけだろう。失礼なこと言うな」

フーリィに聞こえないよう、こそこそと会話をする。

「ジーザス！　口を開けろ、これは絶対に食べたほうがいいものだ。すいません、俺がいただいたものと同じものを頂戴できますでしょうか」

「はいよ」

不思議な長い棒を器用に二本使い、お婆さんの姿のフーリィが湯気の出るそれらを皿に盛る。よく見ればこの皿の文様も、不思議なものだった。

バートが飲んでいる酒の硝子杯にも、繊細な、馬のような、ユニコーンのような文様と知らない文字が細かく刻まれている。

これはこの世のものではない、とルノーは確信し、聖杯を捧げ持つ気持ちでジーザスに運んだ。

ルノーはプルプル震えるコンニャックなるものを持ち上げた。

弾力があり、少し不思議な風味があって、表面に入れられた切れ目の感触が楽しく舌を押し返した。

祈るようにルノーはそれをジーザスの口に運ぶ。

「ジーザス、口を開けてくれ。食ってくれ頼む」

「あち！」

「ごめん」

「……」

薄く開いたジーザスの口にそれを運べば、彼は必死に口を開け、それを咀嚼《そしゃく》した。

「……口に力が入らない……これ結構弾力がある」

「がんばって飲み込め」

「うっぷ」

「絶対吐くなよもったいない！　早く飲め！」

ジーザスの喉がゴクンと動き、はあ、と息を吐いた。

白かった顔色が徐々に血の気の通うものに変わっていく。

「……どうだジーザス」

「……」

彼は目を開け、手のひらを掲げぎゅっと握り、開いたり閉じたりした。

やがてツウと彼の頬を涙が伝う。

「……僕のような者にまで……感謝いたします」

彼は泣きながら微笑み身を起こした。

わあっとパーティーは揺れた。

「みんなも飲もうぜ。この酒めっちゃうまい」

「死にかけたばっかで……まあいいか、今日は奇跡に会ったお祝いの日だ」

「冷たいのください」

「僕も」

「はいよ」

騒ぎの中も淡々とお代わりを重ねていた魔術師ロミオも、それに加わる。

「奇跡に」

「「「奇跡に！」」」

杯をぶつけて
皆それを口に運んだ。

「はあ……」

実に濃い酒だ。水と同じくらい透明で澄んでいるのになんともいえない膨らみがあり、余韻を残して喉を通り抜けていく。

背筋が痺れる。これは自分たちには少しだけ早い、大人の酒だと彼らは悟る。だがうまい。

味わうために閉じていた目を開けば、目の前でくつくつ、と踊る見知らぬ、だが美味そうなものたち。

「よし、これも全種類食おう」

「そうしよう」

「全部盛ってください」

「ダメだ。一回一皿三種まで。おでんは熱いが馳走だ。食ってからおかわりしな」

ぴしりとそう言われて皆は黙った。

「……そういやちゃんと味わってなかった」

「うん、必死だったもんね」

目の前でくつくつと煮えるおいしそうなものを、皆じっと見た。

「いい匂いだな」

「うん、初めてなはずなのになんだかホッとする」

頬を緩めてそう言い合う若く未熟な冒険者たちを、彼女は先よりも優しい目で見ているような気がした。

そしてやがて。

「「「つあ〜〜〜！」」」

おっさんくさい声を上げる一同を、わかってるじゃないか小僧ども、という目が見ている気がした。

三皿目　刀鍛冶ゴットホルト

じっと春子はお狐さんを睨んでいる。

一昨日に続き昨日も、また変な場所に飛ばされた。

ギャアギャア騒ぐ変な格好をしたガキどもが、『よっしゃ再挑戦するぞ！』と楽しそうに洞窟の奥に消えたと思ったらやっぱりまたここに戻っており、奴らが飲み食いした額にちょうどいい金が、ざるにのっていた。

がんもどきののった皿を置いて、スッと春子は合掌した。

手を叩けば変なところに行くのだから、やらなければいいじゃないかと言われるかもしれない。

だがしかし春子は、生粋の負けず嫌いなのである。

目を閉じ柏手を二度打った。

目を開けるとそこは、天井の高い工房のような場所だった。

頭上で大きな扇風機のようなものが回っている。

ちっ、と春子は大きく舌打ちをした。

「どなたかね」

「うるせえなおでん屋だよ」

響いた声に即返した。

見れば革の服を身に着けた、狸に似た中年の男がいた。

「はあ、これは、また」

はふはふと男が口から白い湯気を出す。

「酒はどうする。熱いのか冷たいのか」

「これはどう考えたって熱いのでしょう。こんなの絶対に合うに決まってる」

はふ、はふとはんぺんを嚙みながら。

うう、とやや太り気味の男が嚙み締めるように目を細くした。

「ああ……ああ、うまい」

「そうかい」

今日も春子はおでんしか売らない。

とっとっとっとと銚子《ちょうし》に一升瓶を傾けて酒を入れて、くつくつと煮えるだし汁とは区切った湯の中に沈めた。

「熱燗か、ぬる燗か。……すごく熱いのとちょっとぬるいのどっちがいい」

「熱いのにしてください。だんだんぬるむのもなんとなく切なくって味気ない味がある」

「へえ」

目の前の狸のような親父を春子はじっと見た。

にやりと笑う。

「なかなかわかってるじゃねえか」

お任せと言われて豆腐、大根、たまごをのせて汁をかける。

皿を受け取り、しばし狸親父は静かにそれと酒を口に運んだ。

頭の上で扇風機が回っている。

「……私は刀鍛冶なんですよ、おかみさん」

「へえ」

熱燗を一合半ほど開けた狸親父が、頬を赤く染めてタコを食っている。

体が温まり腹が満ちると、なぜか人は語る。

「何年か前にね、やたらといいやつが、なんの偶然か打てちまったんです。それまでただの無名の貧乏工房だったのに、いきなり『先生、先生』と呼ばれるようになって」

「ふうん」

おでんしか売らないが、相槌ぐらいは打つ。

「弟子が増えてね、皆が『先生、先生』と私を呼んで。楽しかったですよ、嬉しかったですよ最初はね。でも何年たっても褒められるのはあの偶然に打てたあの一作だけなんだ。打っても打っても、褒められるのは昔のあれだけ。あれ以来打つのはあれの模倣みたいなものばかり。それでそれを『ゴットホルト流だ』と喜ばれるんだからおかしなもんだ」

ぱかっと割られたじゃがいもがほかほかと皿の上で湯気を出す。

じっと見つめ狸親父は口に運ぶ。あふっと口から白い湯気を吐いた。

汁を飲んでふうと息を吐く。

「……もう最近は怖くって。ほかの新作を打つのが。偉そうにあれこれ言いながら弟子を育てて、あの一作の名人だと褒めたたえられながら、どうして打てましょうか。作風を変えた次の一作を打って、身の周りにいる皆に、『悪くなった。なんという愚作。ゴットホルトは終わったな』と、冷たい目をされて去っていかれたら、いったいどうしたらいいのかと、そう思うと手が震え、もはや新しいものが打てません」

くいと猪口《ちょこ》を傾け酒を飲み、ぎゅっと目を瞑った。

狸似の目じりを涙が伝って落ちる。

「何も考えず心から打てていたあの日々が懐かしい。富と名声を得て肥え太ったこの身が厭わしい。……あんなもの打つべきではなかった！　発表すべきではなかった！　かつて自分で打ったものに私は縛られ、もう動けない。私は私に、自分自身で呪いをかけてしまったのだ！」

「へえ」

男は泣いている。

春子は特に、慰めなかった。

勝手に男は落ち着いた。

「おかみさん」

「はい」

「私は愚かだろうか」

「そんなもんだろうよ」

あっさりと春子は言った。

ぱちくりと濡れた目を瞬き狸親父は春子を見ている。

「え？」

「あ？」

春子は汁をかきまぜた。

「成功した人間なんてそんなもんだろう。周りだってわかってるだろうよ。それで食っていけるなら運がいい。そのまま食えばいい」

「……」

まだじっと見てくるので仕方なく続けた。

「それでそのまま死ねばいいじゃねえか。『名作をひとつ作った大先生』で。無名の同業さんからは十分羨ましいことだろうよ。ただねえ」

「……」

「『だんだんぬるむのもなんとなく切なくって味気ない味がある』、てめえが言ったんだろう。一番いいときよりぬるくなったんならぬるくなったんで、その味はそれで味だろう。形にして残したほうがいいに決まってる。どうせいずれは自分なんていなくなるんだ。消えればみんなが忘れるよ。骨以外をこの世に形にして残せる腕があるなら、残したほうがいいだろうにもったいねえなあ」

狸親父は手の中の猪口をぎゅっと握った。

「……墓に一本、名刀の名前を刻み」

その丸い手が震えている。

「刀鍛冶ゴットホルトは消えゆくか。たった一本の名刀の名を刻み」

男が血走った眼を見開いた。

残った酒をぎゅっと飲み干して、ダンと置く。

「……勘定を」

「別からいただくんで、結構ですよ」

「そうですか」

男はポケットから出した布を額にきゅっと巻いた。

「体が熱い。右手が熱い。熱い鉄を打ちたくて震える！　ありがとうおかみさん。本当は打ちたくて打ちたくて仕方がなかったことを思い出しましたよ」

「そうかい」

壁に掛けてあったでかいハンマーを男は背負った。

すう～っと息を吸う。

「ゴ～ットホルトが行くぞ！　トン・チン・カンと行くぞ！　炎の戦士、ゴ～ットホルトが行・く・ぞ！」

腹の底から男は高らかに歌う。

どこも酔っぱらいってのはうるせえなあと思いながら、春子はおでんに蓋をした。

顔を上げれば、やっぱりいつもの、お狐さんの前だった。

ギッとその涼しい顔を春子は睨みつける。

やっぱり何も言わないので、春子は屋台を引きずって、今日も仕事に向かっていった。

◇◇◇◇◇

チャド＝ロットは刀鍛冶である。

今や剣に関わる商売をするもののなかでもはや名を知らぬものがいないような、高名な刀鍛冶、ゴットホルトの一番弟子だ。

チャドは十歳かそこらで親と死に別れて、この製鉄の町の路上でくず拾いをしていた。

犬猫のように道のすみっこで丸くなって眠り、なんでもかんでも拾い集めて売る、明日死んでもおかしくはない、この世界のどこにでもいる孤児だった。

その日は氷のような雨で、歯の根も合わぬような寒さだった。

凍えてひもじくて、できることなら地面に倒れて寝てしまいたかったけれど、そうしたらもう二度と起きられないのがなんとなくわかっていた。

もともと貧乏な家で、両親とも体が強くなく、その世話に明け暮れて初級学校すら通っていない。字も読めず、言葉づかいも何もなってない。

無学な、体も小さくやせっぽちな十歳の子どもに稼ぎのいい仕事などなく、どこに行ったら屋根の下で眠れるのかもわからなかった。ただただ両親がやっていたのを見よう見真似で金属のくずを拾って売って、その日何か食い物にありつければ上々という、動物のような暮らしだった。

あのとき、ふと風に乗って運ばれたあたたかな空気と不思議な金属の音に引き寄せられなければ、チャドの人生は路上で、十で終わっていたことだろう。それだけは間違いない。

きん、きんという澄んだ不思議な音だった。

工房のような場所のその扉は不用心にも開きっぱなしだった。

チャドはフラフラと歩み寄りそこを覗き込んだ。

火の魔物がいると思った。

若い男がひとり、痩せているのにそこだけ妙に発達した不思議な筋肉のある背に恐ろしいような熱を乗せて、右手を振り上げ打ち下ろしている。

『ゴ～ットホルトが行っくっぞ！』

きぃん、きぃんと耳を震わせるような、それでいて澄んだ音が響く。

爆《は》ぜる赤い火花、鉄の赤を反射させる鬼気迫る横顔。

『トン・チン・カンと行っくっぞ！』

魔物だ。魔物が歌い、火の魔法を使っている。

後ろから覗き込む子どもに気づかぬまま、汗を飛び散らせながら大きな槌を取り憑かれたように打ち下ろし続ける魔物の姿から目を離せず、チャドはその炎の化身を息を呑んで見つめていた。


目が覚めれば粗末なベッドの上だった。

枕元の古びたテーブルの上に、固そうなパンとミルクが置いてあり、何か字が書いてある紙があったけど読めなかった。

ぐうと腹が鳴りよだれが落ちた。

食べて良いのかわからない。

でも腹が減って仕方ない。

「うぅ……」

チャドはパンを見つめながら泣いた。食べたい。すごく食べたい。でも食べたらもう本当に自分は人間じゃなくなると思った。

チャドは礼儀を知らない。文字を知らない。でも、人としてやってはいけないことがどんなことかは知っている。

人のものを盗むこと、誰かのものを壊すこと、人を傷つけること。それだけはどんなに困ってもするなと、貧しい両親はチャドに教えた。今思えば、だから彼らは死んだのかもしれなかった。


『おわ！』

誰かがびっくりしたような声を上げた。若いお兄さん。誰だっけと思いかけて、あのときの魔物と同じ顔をしていると思った。

それにしては別人のようだった。優しそうで、なんとなく間の抜けた雰囲気。赤い金属を打っていたときとは大違いの、平和そうなどこにでもいそうなお兄さんが小さな目を丸くしてチャドを見ている。

すっかり忘れていたという様子だった。

『ああ、そうだった。パン食べないか？　固いけどまあ、まだ食えるだろう』

『食べていいの？』

『ああ、そこに書いて……ああ、そうか』

頭に巻いていた布を取り、煤まみれの顔をごしごしと拭いて、よけいに黒くなった顔で情けなく笑う。

『似たようなもんだ。俺の字だって、読めたようなもんじゃない。食ってくれ。固いけど』

あの日の石のようなパンのほんの少しだけ甘かった味を、チャドは一生忘れることはないだろう。

若き日のゴットホルトは無名の刀鍛冶だった。

大きくて分厚い相手の剣を力で叩き割るような剣が主流の中、ゴットホルトの剣は繊細で、薄い。

その分軽くて切れ味がいいから、わかる人にはわかってもらえるはずなんだと彼は言う。いつかはと。

あんなに力強い槌が、どうしてこんなに繊細な剣をと思うほど、ゴットホルトの剣は美しかった。

今はまだ、今はまだ。今はまだなだけなんだ。こだわるべきはこだわり、求められるところには応えようと試作を繰り返し、時々思い出したように何本か売れる。

当然貧しかった。パンはいつでも石のようだったし、スープはあたたかな湯に塩気と、野菜の切れ端が浮いているだけのようなもの。

文字どおり仕事に打ち込みすぎて奥さんも家族もいない。あるのは親から継いだ工房だけ、というゴットホルトは何故か当然のようにそのままチャドを工房に受け入れた。

家事でも仕事でも手伝えるところからなんでも手伝った。忙しかったたし、鉄は熱くて重かった。火傷ばかり増え夏は暑くて頭がくらくらした。

それでも毎日が楽しくて仕方がなかった。

火の前に立つとやっぱり彼は火の魔物になった。横でそれを見るのが、チャドは大好きだった。


きいん、きいんと澄んだ音が響く。

ゴットホルトの歌が響く。チャドも合わせて小さく歌う。

たまに剣が売れたときは安い酒を買ってきてふたりで飲んだ。師匠は酒に弱いので、いつもチャドが彼をベッドまで引きずり布をかけてやる羽目になった。師匠は小柄で痩せているので、粗末な食事でも妙に大きく育ってしまったチャドには、苦もないことだった。

あんなにも熱くふたりを動かしていたのは、夢だったと思う。

いつか、いつか、ゴットホルトの名が世に響き、この美しさが認められる日をいつかと。

上へ上へ。もっと前へ。もっと高みへ。もっと強く、もっと美しく。

いつか来るその日を待ちながら、きいんきいんと夢の音は響く。

ゴットホルト三十九歳、チャド二十五歳のときに夢は叶った。もう刀鍛冶ゴットホルトの名を知らぬものはいない。

「……」

チャドは多くの弟子の中で、今でも一番の早起きだ。

師匠とふたりきりだった工房は今や多くの弟子たちで溢れ、弟子たち向けに家まで借りている。チャドは工房の狭い部屋に、変わらずずっと住んでいる。

打っても打っても注文に間に合わず、毎日大忙し。有望な弟子たちはゴットホルトの指導に目を輝かせ、今日も『ゴットホルト流』の剣を打っている。

朝日の中にチャドはゴットホルトの新作の剣をかざした。十年前に奇跡のように打ったひと振りの剣に、十年経った今でも、それはそっくりだった。

あの日打ち上がった剣を見てふたり、しばし放心したものだった。

打ててしまった。

何の奇跡か偶然か、打ててしまった。

紛れもなく、これまでの剣の良いところだけを集めた、最高傑作であった。

買い取りに来た商人が息を呑むのがわかった。そうだろう、そうだろうと思った。

提示された値段に首を振った。そんなわけないだろうと見つめれば商人も黙り込んだ。

買い取りを断った。噂を聞きつけた数名の男たちが値を付け合い、それは驚くほどの高値で売れた。

その晩はこれまで食べたこともないような高価な食材をこれでもかと買い込み、高い酒を買ってふたりで宴会をした。泣きながら飲み、泣きながら食い、肩を組んで歌い、やっぱり師匠は寝た。実に幸せそうだった。

報われた。これまでのすべてが。

そのはずだ。

「……ゴーットホルトが行っくっぞ」

小さくチャドは歌う。最近師は、もうこの歌を歌わない。

皆の前で剣を打つこともない。夜中ひとりで、ゴットホルトによる『ゴットホルト流』の新作の剣を、ときたま打っている。

光をまばゆく反射する剣を見てチャドは思った。

夢は、あの日叶えられた。そして同時に、終わってしまったのだと。

もうパンは固くない。スープは具だくさんで、腹いっぱいまでいくらでも食べていい。

飲める酒だって上等になった。買い付けに来る商人は皆腰が低く、先生、先生と、ゴットホルトのみならずチャドにまでおべっかを使う。

師匠の夢は叶った。

それでいいはずだ。

それなのに師匠は、昔よりも深酒をするようになった。

どこまでも気性が穏やかな人なので、誰かに怒鳴ったり当たり散らしたりはしない。その代わり内にこもり、考えているような時間が増え、最近は酒量も増した。

むっつりと黙り込みながら頬を赤らめている横顔に声をかけることもできず、昔よりも重くなったその体を、チャドは毎日ベッドに運んでいる。

寝顔は苦しげで、あの日のような幸せな顔で眠ることはなくなった。

師匠の夢の結実を心から願う、チャドの夢もあの日叶った。

今やチャドは実質ゴットホルトの工房の二番手扱い。ゴットホルト不在のときは弟子たちに教えを乞われる立場になった。泥水をすすって生きていたあの明日をも知れぬ日を思えば、こんなに幸せなことはないだろう。

なのに寂しい。

虚しい。

あの熱かった日々が懐かしくて懐かしくて、あの固いパンが食べたくて仕方なくなるときがある。

明日はどんな剣が打てるだろうかと、叶わぬ夢を見ながら飲んだ安酒の味が恋しい。

でも今を手放せ、なんて言えない。

ずっと見続けた夢の先にいる彼に、どうして今更違う場所に行こうなんて言えるだろう。その手に命を、人生を拾ってもらった、ただの道端のくずだった自分が。

「ん？」

聞き覚えのある音が聞こえた気がしてチャドは工房を振り向いた。

きいん、きいいん。

チャドは歩き出した。

歌が聞こえる。

チャドは走り出した。

不用心にも、工房の扉が開いている。

「ゴ〜ットホルトが行っくっぞ！」

歌が聞こえる。

きいん、きいんと澄んだ音が聞こえる。

「トン・チン・カンと行っくっぞ！」

覗き込んだ扉の先に、鬼気迫る顔をした火の魔物がいた。

魔物だ。あの日の魔物があの日の歌を歌い、あの日の火の魔法を使っている。

覗き込むチャドの目にじわじわと涙が盛り上がり、滴り落ちる。

あの日と同じ場所で後ろから覗き込む弟子に気づかぬまま、大きな槌を取り憑かれたように打ち下ろし続ける魔物の姿から目を離せず、その炎の化身を目を見開いて見つめる。

やがて師匠の腕に合わせてチャドは腕を振る。ぶん、ぶんと力いっぱい振る。

「「ゴ〜ットホルトが行っくっぞ！」」

声を重ねた。腹から叫んだ。

「『トン・チン・カンっと行っくっぞ！』」

朝日の中に火の魔物と、扉にすがりつき膝を付いて泣き崩れる、その長年の一番弟子の姿が浮かんでいる。

四皿目　女王補佐官ジョーゼフ＝アダムス

女王補佐官ジョーゼフ＝アダムスは苦悩していた。

「あなた、お薬ですよ」

「うむ」

妻ジョアンナに差し出された粉薬を水で一気に流し込む。

ここのところずっと胃がシクシク痛み、食が進まない。

そんな夫を妻は心配そうに見上げている。

「……今宵フィリッチ公派の方と会合があるとか」

「ああ、一対一で。女王は今ご心労で、討論できるような状態ではない。私が代行する」

今宵火花を散らすだろう相手があのパウロであることを、ジョーゼフは妻に言わなかった。

かつてふたりはまだ若き日に、肩を並べて笑い合った、親友同士であった。

女王陛下は御年《おんとし》五十二歳。争いを好まず周辺の国々と協調関係を結ぼうとする穏やかな統治に、軍部の不満は年々高まっていった。

『これだから女は』と反発され。

子がないことを『女のくせに』と蔑まれ、気高く純粋だった女王の心は、年を追うごとに蝕まれていった。

王配である夫が若い女性の上で腹上死したことも、女王のお心に大きな衝撃を与えたことだろう。

『わたくしの人生は、いったい何であった。教えてくれジョーゼフ』

背を凜と伸ばしたまま、静かに涙に濡れる女王を慰める言葉を吐きながら、もう限界だ、とジョーゼフは感じていた。

後継者を決めるべきだ。

女王ではなくひとりの女性に戻って、残りの人生を穏やかにお過ごしいただきたい。

もう長年戦い続けたこの女性に、大国アステールの王冠は重すぎる。

時折見せる暗い瞳がそのまま何か闇に沈んでいきそうな不安とともに、長年お仕えした美しいお方の残りの人生の軽やかな幸せを、願わずにはいられなかった。

「後継者はトマス公にすべきだ。あのお方なら必ず女王の意志を継ぎ、この大国を穏やかにお治めくださることと信じる。フィリッチ公は移り気なうえ、戦を好みすぎる。あまりにも危うい」

襟を正しながら言う夫を、妻は頼もしげに、だが心配そうに見つめた。

「大きな戦争なく二十年。これを三十年、四十年にしてくださる方に王冠を継がせる。アステールの民のために」

「……行ってらっしゃいまし」

多くの言葉を挟まずにそっと夫の胸元を直して撫でる優しいこの人を、ジョーゼフは青年だったあの日から今日まで、ずっと愛している。

「行ってくる」

靴音を響かせジョーゼフは家を出た。


「なぜわからない！　フィリッチ公の愛馬が観賞用に見えるのか!?　どう見ても訓練された軍馬であろう！」

「失礼なことを言うなジョーゼフ！　かのお方は快活にして朗らかで実に男らしい。剣術に優れるのは才能があるから、軍事に詳しいのは地頭がよろしいからだ。そもそも力も知識もない女のような男に、この大国アステールをお渡しできるものか！」

「遠回しに陛下を侮辱するなパウロ！　かの方は力も、知識もお持ちだ。だからこそ使わないのだその恐ろしさを真にご理解しておられるから！　剣を抜くことだけが戦いではない！」

「腰抜け腰抜けと蔑まれ、諸外国からは舐められておるのだぞ！　先のカサハラ・ザビアの戦いを、指をくわえて見ていたあの弱腰の判断。介入し全力で畳みかければかの地は我々の領地になっていたことだろうに！　世界に我々がどれほど笑われたのか知らぬのだジョーゼフ！」

「あえてその道を行ったのだ！　力で押せば必ず力で返される。国土を広げようと腕を伸ばせば必ずや脇を突かれる！　我が国はもう十分に広い。刃を向けず、内政を保って。生産力を上げ、国民の生活を潤さんと欲するお考えの深さを何故理解できないのだ！」

「それを腰抜けと言っておるのだ！　改革なくして国は富まん！」

「今の我が国に必要なのは刃を外に向ける改革ではない！　堅固な壁で国民を守り、慈しみ育てる改革だ！」

話は平行線のまま何も進まず、会議のテーブルに横たわっていた。

キリリと胃が痛んだ。ジョーゼフは頭を抱える。

パウロとは昔親友と言っていいほどの仲だった。

ジョークが好きで、新しいことが好きな、いつも人を笑わせる、柔軟で明るい男だったのに。

目の前にいる男は、ジョーゼフの言葉にはすべて反発しようという強い意志を宿してこちらを睨みつけているようだった。

どうしたら。

どうしたらわかってもらえるのだ。

頭を抱えるジョーゼフとパウロの脇に、突然何かが現れた。

「誰だ」

「おでん屋だよ！」

老婆が叫んだ。

とく、とく、とくとあたたかい陶磁器から丸い小さな椀に透明な酒を注ぐ。

ふわりと香った甘やかな香り、口に入れた瞬間のふくよかな滋養が、背筋を震わせる。

「……ふう」

「おかみさん、その袋みたいのはなんだね」

「もち巾着だよ。食うなら温めるよ」

「いただこう」

「はいよ」

「私も」

「はいよ」

何故かパウロと横並びに腰かけて、ジョーゼフは『オデン』を食べている。

ほかほかとした湯気が顔に当たる。

皆同じ味付けなはずなのにひとつひとつ食感が異なり、それぞれの素材の味とともに、じゅわりとあふれ出す汁が口の中いっぱいに広がる。

ちょんと黄色いものにつければわずかに辛みを増し、さらに酒に合うのが何とも憎い。

飲み込んだ汁が荒れた腹を内から温める。

まさか自分たちのところにフーリィが現れるとは思わなかった。

常に早く、留まることを許されずに回転し続けていた頭の中の歯車の動きが、ふっと緩やかになったのをジョーゼフは感じている。

自分とこの男は祝杯を受けるほどの何かを為したのだろうか。

ただ、ただ毎日必死に働いて、気がつけばこんな立場、こんな歳になって。

気持ちはまだ、あの学園にいた若き日と、なんら変わりがないというのに。

じわりと目頭が熱くなった。

いったいどうして我々は。

肩を並べて笑っていたはずの我々は、こんなにも違う、対立しなくてはならない立場になってしまったのだろうか。

「うっ」

横から響いた声に顔を向ければ、パウロが鼻を赤くして目頭を押さえている。

「……」

どうした、と問おうかと思ったがやめた。自分だって同じような心持だったからだ。

何故泣けるのだろう。

なぜこんなに胸が切ないのだろう。

ほかほかとした湯気と、柔らかな香りが運ぶ、フーリィの魔法なのかもしれない。

たんとパウロが手の中の杯を置いた。

「……ジョーゼフ、おれはお前を真面目で清潔な、正義感溢れる男だと思っていた」

「光栄だ」

パウロがジョーゼフに赤い顔を向け、睨みつけた。

「あの日まではだ！　お前がジョアンナへの俺の手紙を破り捨てたあの日まで！」

「何の話をしている？」

「渡してくれと頼んだだろう！　三年生のとき、星祭りの十日前、ジョアンナに！」

「渡した。確かに渡したぞパウロ」

「じゃあなぜ彼女は現れなかった！　おれはあの日一日、ずっと広場で待っていた。日が傾き、夜になるまで、馬鹿みたいに！　星祭りに彼女と行きたくて！　彼女に交際を申し込みたくて待っていた！」

「……」

ジョーゼフは考えた。

三年生のとき、星祭りのとき。

「パウロ」

「なんだ」

「獅子月の十五日は、彼女の祖父の命日だ」

「……」

「……行けなかったんだ彼女は。お爺さんが倒れたから。最後の星祭りにも出られなくて残念だったと、そう言っていた。彼女のことだから、お前にだってきっと後から事情を説明したんじゃないか」

「……されてない。残りの期間、おれが徹底的に彼女を避けたから」

板に肘をついて俯き、彼は顔を手のひらで覆った。

「……お前が破り捨てたんだと思おうとした。手紙を読んだ彼女が来なかったんだなんて思いたくなかった。……最悪、ふたりしておれの手紙を読んで笑っているんじゃないかと、勝手にお前たちを憎んで避けて」

「パウロ……」

「……そうか。お前は卑怯じゃなかった。彼女も笑ってなんかなかった。ただおれが馬鹿だっただけか」

「……」

「……そもそも卑怯なのは、おれのほうなんだよジョーゼフ。おれはずっと彼女を見ていたから、彼女が誰を見ているか知っていた。いつもおれの横にいる背の高い色男を、彼女はずっと目で追っていた。だからお前に手紙を頼んだんだ。お前が他の男の手紙を持ってきたら、彼女はお前を諦めるんじゃないかって、そう思って。……どうだ、卑怯だろう。親友のふりをして、おれはお前を蹴落とそうとしたんだ。お前がずっと誰を見ているかも知っていたから」

「……」

パウロは笑いながら泣いている。

泣くと鼻が赤くなるのは変わらないのだなとジョーゼフは思った。

ジョークが好きで、新しいことが好きで。いつも人を笑わせる、柔軟で明るい男だった。

その友が人を笑わせながら心で泣いていることを、あの若き日、ジョーゼフは見抜けなかった。

ぽん、とジョーゼフは親友の、丸くなった背を叩いた。

「若かったんだよ。パウロ。青春だったんだ。青春っていうのは恥ずかしい馬鹿をやるのが仕事だろう。若い時にちゃんと大真面目に馬鹿をやったから、今、俺たちはこんなに酒が沁みるんだ」

「……相変わらずお前はいつも、真面目で清潔だな。あのときから何も、……変わらない」

パウロの空いた椀にジョーゼフは酒を注いだ。ふたりは静かにしんみり、しんみりとうまい酒を味わう。

「おまちどうさん」

ほかほかの袋状のものが、ふたりの前に置かれる。

ジョーゼフはそれをじっと見た。

汁に、皿についた黄色いものをすべて溶かす。

「何やってんだジョーゼフ、それ辛いんだぞ」

「……フィリッチ公を推すというのはこういうことだパウロ」

「……」

「さまざまな種類の個性が反映されながら味わい豊かに調和していこうとしているものを、その影響を考えぬその場の気分任せの乱暴な行動力にて、壊し、台無しにする。よく見ろ、あのお方はそういうものだパウロ。お前だって娘が、孫がこの国にいるだろう。彼らの生活を考えろ。……強いものは時期と程度を間違ってはならぬのだ。軍部にも立場があるのだから戦うなとは言わぬ。その力を、今は研ぎながら国防に生かせ。どうか時期と、程度を考えてくれと言っておるのだ」

「……ジョーゼフ……」

「見てくれパウロ。よく見てくれ！　お前はいつだって愉快な言葉で皆を笑わせた。お前はいつだって人をよく見ていた。何を言ったら相手が快いか、よく見、考えてから、誰も傷つけぬ言葉を選び皆が楽しくなるジョークを言っていた。真面目なだけの私はそういうお前に、何度助けられたことだろう。……よく見てくれパウロ。トマス公と、フィリッチ公が成してきたことを。今のこの国の形を。一度これまでのこだわりを取り払い、目の曇りを取り払いどうか見てくれ！　きっとお前には必ず正しいものが、今必要なものが見えるから」

パウロがじっと考え、自分の皿の黄色いものをジョーゼフと同じように全部溶いた。

老婆がふたりを睨む。

それで残したらただじゃおかねえぞという声が聞こえた気がした。

パウロと目を合わせて頷いて、ガッと口に運び、汁を飲み込んだ。

「ちゃんと噛めよ。じじいはよくそれで死ぬからな」

もっちりするものを味わうこともできずに飲み込みながら、ふたりは涙を流した。

涙は黄色いののせい。

涙は黄色いののせいと。

自らに言い聞かせながらだくだくと泣いた。
横では親友も同じように泣いていた。
まったくこの黄色いのは辛いなあ、辛いなあパウロ、と。
ジョーゼフは泣きながら笑った。

五皿目　神童アントン＝セレンソン

じっと春子は今日もお狐さんを睨みつける。

あいかわらずがんもどきを置いている。

油揚げに変えればあるいはとも思わないでもなかったが、残念ながら春子は生粋の負けず嫌いなのである。

ぱん、ぱんと手を打ち合わせた。

目を開けた。

暗い暗い部屋の一室だった。

「誰ですか」

声変わり前の少年の声が響いた。

「おでん屋だよ」

彼が掲げた燭台の光に浮かびながら言って、ちいっと春子は舌を打った。


小学校高学年くらいの少年は、アントン＝セレンソンと名乗った。

馬鹿丁寧に礼をして、大人のような態度で椅子に腰かけている。

頼りない細っこい体、産毛の残るもちみたいな白い頬。

切りそろえられた黒い髪に、漆をはいたような黒飴みたいな目。

人形のように生えた長いまつげが不安そうに揺れておでんを見ている。

「……夜じゃないか。夜更かしだね。子どもは早く寝ろ」

「試験の勉強をしておりました。中級学校の試験が近いもので」

「へえ」

たまご、はんぺん、昆布を皿にのせてやる。

ついでにいなりずしも別の皿にのせた。子どもは甘いものが好きだ。

ぱくぱくと綺麗な動きでアントン少年はそれを食べた。

「おいしいです。知らないものばかりですが、皆」

「そうかい」

静かな夜だった。

「……おいしい」

「そうかい」

くつくつくつ。

おでんが煮える音だけが部屋に響く。

腹が満ちたのだろう。幼い顔が、酒も飲んでいないのに赤らんでいる。

「……みんな、おいしくて、あたたかい」

ぽろりとその目から涙が落ちた。

続けて大きな粒が、いくつもいくつもぽたぽたと木の板に丸を作る。

「……僕は神童と呼ばれております」

「へえ」

「誰よりも計算が早く、覚えが早いと。でもそれは僕が神童だからではない。ただ誰よりも長い時間勉強しているからです。父のような立派な男になるべく、また周囲の期待に応えるために。神童だったらこんな時間まで、せっせと勉強するはずがありません。ひと目見てひらめく。一瞬で理解する。僕がひと月かけて覚えたことを、一文を読んだだけで理解する。……ハリー＝ジョイスのようなものこそ神童なのだと、気づきました。何故、どうしてあの男は僕の前に現れたのでしょう。こんな大切な時期に、何故僕の前に、あんなにも眩しく鮮やかに」

「さあね」

眉を寄せぽろぽろと泣きながら、彼は昆布を口に運んだ。

ひと口がやたらと小さい少年である。

頬を濡らしながらもぐもぐと昆布を噛みしめている。

「おいしいな……これは野菜ですか」

「昆布だよ。海藻」

「コンブ。黒くて地味だけれど、滋養のある味わいです。とてもおいしいです」

結び目を興味深そうに見てから口に入れた。

　またもぐもぐと嚙んで、ごくんと飲み込む。

　落ちる涙が皿の汁の表面を揺らしている。

「……僕は彼を見るのがつらい。僕が捨てているすべてのものを何も捨てずに、軽やかに体を動かし、誰とでも打ち解けて笑い合い、そのくせ僕が必死で守っているただひとつの場所を簡単に奪おうとしてくる彼が恐ろしい。…あの明るい声が聞こえるだけで、憎くて、苦しくて、最近は本を読んでいてもちっとも頭に入ってこない。……僕は、彼と違う。僕にはこれしかないのに。僕には勉強しか取り柄がないのに。彼はただそこにいるだけで、太陽のような眩しい光で僕を脅かす。このまま勉強までできなくなってしまったら、僕はもうこの世から消えるしかないいんじゃないかと思っていました。でも」

　アントン少年が手元の皿を見た。

　ぼろぼろと大粒の涙がとどまることなく流れる。

　ひっく、ひっくと彼はついに嗚咽した。

「あなた様は今宵凡人のところに来てくださった。天は地に這いつくばるものに愛をくださった。感謝申し上げます。僕はまたがんばれる。誰に言われてやっていることじゃない。僕がやりたくてやっていることなんだ。それを忘れるところでした」

「何の話だい」

「いえ、申し上げるべきでないことを申し上げました。失礼いたしました」

　彼は涙をぬぐった。

最後の昆布を汁とともに噛み締める。

「本当においしいですね。奥のほうから深い味があって」

「出汁にも昆布を使ってる。だし昆布は出汁を取ったら捨てちまうけどね。見えないところでもいい仕事をする奴らだ。出汁がなきゃおでんなんて食えたもんじゃやねえ」

「……そうなのですね。見られなくっても役に立ってるなんて、えらいなあ」

目を閉じ、ごくんと少年が全てを飲み込んだ。

濡れた目尻にじわりとまた涙が浮かび、ゆっくりと頬を落ちていく。

「……そうか。きっとそうなんだ。それならば僕はそういうものであろう。自分にできることを少しずつでも積み重ねて、目立たなくてもいい仕事をする大人になろう。表舞台はハリーのようなものに任せて、僕は裏で役に立てればいい。彼と僕ではきっと、与えられた役割が違うのでしょう」

「あんたも捨てたもんじゃないよ。可愛い顔をしてるじゃないか」

「……そうですか？」

アントン少年はきょとんとした。

「ああ。大人になったら女に追い回されるよ。覚悟しときな」

「まさか。全然もてませんよ」

「ガキの頃と大人になってからじゃ、光の当たる角度が変わるのさ。まあ見てろ」

「……楽しみです」

頬を染め子どもの顔で微笑んで、彼は皿を置いた。

目元をぬぐい、春子に礼をする。

「ごちそうさまでした。本当においしかった。僕は勉強に戻ります」

「ああ。ちゃんと寝ろよ。ガキなんだから」

「はい」

彼が席を立ったので春子はおでんに蓋をした。

顔を上げればお狐さんの前にいた。

「……ガキはやめなよ。柄にもなく優しくしちまったじゃないか」

ピンとお狐さんをはじく真似をした。

それでもやっぱり何も言わないので、春子は屋台を引っ張ってやっぱり仕事に向かった。

◇　◇　◇　◇

ハリー＝ジョイスは困っている。

中央にある、王に仕える文官育成のために開かれた全寮制の中級学校『セントノリス中級学校』について、学校の先生も周りの大人も、誰も詳しく知らないからだ。

ハリーは母子家庭だ。ハリーが小さいころに鉱山で働いていた父親は岩盤事故で死んだ。坑夫向けの賄《まかな》い婦をしていた母とふたりでそのまま鉱山の町に暮らしていたが、この田舎町で小さい牧場をやっている祖母が足を悪くしたのをきっかけに、先日この町に引っ越してきた。

田舎ってなんにもなくて、ゆっくりなんだなと、そののどかさにハリーは驚いた。

幸い学校にもすぐ馴染め、のどかさにも慣れた。

最近ハリーは金を貯めたかった。セントノリスに入るには試験を受けるための金がいると聞くからだ。成績がよければ学費が免除になるとも聞いたが、その詳細もよくわからない。何を調べたらわかるものなのか、その調べ方すらわからない。

そういう学校があるということさえ、ハリーはこの町に来て初めて知ったのだ。

今まで中級学校を受けるという同級生が身の周りにいなかった。初級学校を出たら鉱山で働くのが当たり前だとそれを常識のように思っていた。

そもそも、平民が王家の文官になれることすら知らなかった。

勉強によって狭き門をくぐり、努力すればその職に就けるというならハリーは就きたい。

国のための正義感でもなければ、高い志があるわけでもない。

王家の文官は安全なうえ給料がいいから。小さいころからひとりで、苦労して自分を育ててくれた母に楽をさせてやるにはそれが一番まっとうで、安心させられるいい道だと思ったのだ。

幸いハリーは頭がいいほうだ。教科書の内容はひと読みすればだいたい頭に入る。

なのでその受験とやらのために必要なあれこれや奨学金のことを聞こうと思ったのに、先生たちは首をひねるばかり。そして最後には必ずこう言うのだ。

『アントン＝セレンソンに聞いてみたらいい』

白い息を吐いて牛乳配達をしながら、はあ、とハリーはひときわ大きいため息をついた。

アントン＝セレンソンはこの町に中央から長期派遣されている役人のひとり息子だ。

いつもきれいな服を着て、さらさらの黒髪を整えて。周囲に『神童』と呼ばれる、いつもじっと静かにひとりで本を読んでいる少年。

線が細くやや背が低く、どちらかというと女の子のような顔をした少年であるにもかかわらず、どこか洗練されたあまりにも静かで大人っぽいその姿に、誰も気安く声をかけられない。

みんなから何か神聖なもののように遠巻きにされている彼は、この町で十何年だか何十年だかぶりに、今年唯一その学校を受験するのだという。


「おれ嫌われてるんだよなあ」

ため息をつきながら牛乳のビンをお客さんちのポストに入れようとして住人の顔を思い出す。

ああ最近ポポばあは肩が痛いんだったと、低い位置にある箱の上に置き直した。

日が当たらないように落ちてた木の板で太陽の方角を覆い、扉を開ければそこにあるな、とわかる位置まで箱を引きずった。

ハリーは誰かと話すとき、今この場に必要な言葉は何か、何を言ったら相手が喜ぶか、なんとなくわかる。

言いすぎないでしっかりよく聞く。きっと喜ぶところを嘘なく褒める。それだけで相手は自分を好きになるし、好かれればハリーだって嬉しい。

ただアントンだけはダメだった。初めて会話をしたときに彼の読んでいる本を覗き込みその一文を読み語り合おうとした瞬間、凍りついたその顔に、彼との間に大きな壁がズンと立ちはだかったのを感じた。

何が悪かったのだろう、とハリーは考える。

あまりにも無遠慮すぎたのだろうか。

あまりにも急すぎたのだろうか。

初めて見る人種のようなこいつと仲良くなれたらなんだか楽しそうだな、と思って、珍しく焦って、距離を詰めすぎたのだろうか。

最後の一本を立派な家のポストに入れようとした。

がちゃ、と家の扉があいたのでそちらを見た。

「あ」

「あ」

学校にいるときよりもどこか柔らかい雰囲気のアントンだった。

じっとその目がハリーを見上げた。

「……仕事？」

「うん、これが最後の一本。……お前んちも牛乳飲むんだな」

「そりゃあ飲むよ」

アントンが白い息を吐きながら笑った。ハリーは驚いた。

初めて彼が年相応の少年に見えた。

ハリーはアントンに牛乳を手渡す。

あれ、壁がないぞ、とハリーは思った。

いつも感じた分厚い壁が、今日のアントンからは綺麗に消えている。

「ありがとう。こんな早くに、偉いんだねハリーは」

「うちが貧乏なだけだよ。……あのさアントン、俺、聞きたいことがあるんだけど」

「何？」

「セントノリス中級学校について……聞きたいことが、わからないことが、たくさんあって」

「……もう今日は仕事終わったんだよね？」

「うん」

「じゃあ入ってくれ。僕の部屋に紙の資料があるから、必要なところを写していくといいよ。よければ朝食も食べて行っておくれ」

アントンが笑った。

一階の彼の部屋に、ハリーを招き入れる。

「この部屋に家族以外の誰かが入るのは初めてだ。……人間ではね」

謎かけをするように、彼は微笑んだ。

食べ終えた皿を運び出し、机の上に資料を広げる。

ちなみに豪華な朝食はめちゃめちゃおいしかった。使われている素材の量はハリーの家なら二日分の夕飯だった。

「学費免除の条件は上位五位以内で受かって、一学年三期以上、十位以内キープが条件か。……きっびしいなあ」

「教科書をひと読みで覚える男が謙遜はやめてくれ。万が一無理でも学費は町から利子なしで借りることもできるよ。卒業して、大人になったら分割で返せばいい」

「へえ」

ハリーは目を見開いてアントンを見た。

「物知りだな」

「町のほうはたまたま。こっちは穴が開くほど読んだからね。これは僕の夢だ」

彼はそっとセントノリスの学校紹介を撫でた。

その指先が、大切だ、宝物だと言っている。

表面のインクが擦り切れていて、アントンの夢の長さをハリーは悟る。

「……なんか、ごめんな」

「うん？」

「後から、なんか、俺みたいのが急に、なんか、こう」

まだ試験を受けたわけでも受かったわけでもないのにそんなことを言う自分が恥ずかしくて、ハリーは赤くなった。

アントンが笑った。

「いいんだ。学校の門は常に才ある者を迎えるために開かれてる。試験は夢の長さではなく点の高いものが受かるようにできてるんだ。それに僕の夢はもっと先にある」

「先？」

じっと見つめられてハリーは焦った。

つうかこいつ、思ってた以上に顔綺麗だなと思った。

「今までは父みたいになりたいと思ってた。でもあのあとよく考えて、やっぱりそれは違うなと思った。僕は、中央で、限りなく陛下の近くでお役に立ちたい。ただの子どもがと笑われるかもしれないけど、ここ最近要職への平民の登用がぐんと増えてるんだ。今のこの国はすごいよハリー。戦争のないここ二十年で、少しずつ少しずつ、地道に多くの改革を実行してる。人材を、産業を、育てようとしているのがよくわかる。現女王のこの方針のご治世がどこまで続くかはわからないけれど、僕はそういう、編むように重なる革新的な王家のお役に立ちたい」

黒い目が熱気を放ちながらハリーをまっすぐに見据えている。

「アステールはきっと変わるよ。ただでさえ大国なのに、きっとこれからどんどん良くなる。そのわくわくする実りの瞬間に僕は立ち会いたいんだ。まだ凡人の自分に何ができるかはわからない。それを学びに僕はセントノリスに入る。ハリーは僕が絶対にできない、人との交渉とか、懐柔をやってくれ。君は魅力的で、誰よりも頭が回り、人にとても好かれるから」

「……おれ？」

「うん。今まで愚かな態度をとってすまなかった。君があまりにも才気溢れる人だから、矮小な僕は君に嫉妬したんだ。全てを謝罪する。もし許してくれるならばどうかともに王の駒になってくれハリー＝ジョイス。君ならできる。一緒に行こうセントノリス。入試の傾向と対策は任せてくれ。僕は伊達に何年も机にかじりついて勉強していない！」

「……はは」

思わず笑った。

取り澄ましたような、神童と呼ばれた少年は、こんなにも熱く、馬鹿みたいにハリーを褒め称えて、田舎町の少年としては壮大すぎる夢を語る。

頬っぺたを真っ赤にして夢と希望に目を輝かせる同級生をハリーは見た。

国のための正義感でもなければ、高い志があるわけでもない。

王家の文官は安全なうえ給料がいいから。

そんな志望動機より。

これから変わっていく国を内から見て支えたい。

こっちのほうがはるかにかっこいいじゃないか。

かあっと胸の奥に熱が宿った。

寒さにかじかんでいたはずの指が熱くなりぎゅっと握った。

夢を、見ていいのか自分でも。

貧乏で、こんな田舎町で、ぺったんこのぼろ靴で牛乳を運んでいる小器用なだけの自分でも。

大局から国全体を見渡すような、そんな夢を。


「……やる」

「よかった。朝以外にも仕事はあるかい？　明日から学校のあとうちで勉強しないか」

「仕事は朝だけだ。いいのか」

「うん。過去問を紙に書いておくよ。僕四教科の過去問二十年分はそらで書けるよ」

「お前こっわ」

「君は僕に面接の練習とダメ出しをしてくれ。できれば君が僕ならなんて言うか教えてほしい。僕には対人の訓練が必要なんだ」

「それだけでいいなら、いいよ」

「ありがとう。君は受かるよ。努力して僕も絶対に受かるから。これから一緒にがんばろうハリー＝ジョイス」

アントンが右手を差し出したのでハリーは握った。

ハリーより小さな手に思ったより力強く握り返された。

男らしく夢に燃えるアントンの左頬を朝焼けが赤く照らす。

なんだかこいつとは長い付き合いになりそうだな。

それできっとこの先この場面をおれは何度も思い出すんだろうな、と右手を強く握られながら、なんとなくそう、ハリーは思った。

◇◇◇◇◇

メアリー＝ジョイスは考える。

なんだかうちの子最近、ずいぶんと子どもらしくなったみたい、と。

メアリーが夫であるヘンリーを失ったのは、まだハリーが三歳のころだった。

この街では珍しくもない突然の知らせに、呆然とした。そういうことがあるのはわかっていても、なぜか自分だけは大丈夫だろうとどこかで思っていたのだろう。だがいつまでも呆然とはしていられない。メアリーは働きながら、ハリーをひとりで育てることになった。

ハリーの顔立ちはヘンリーによく似ている。髪の色も、瞳の色も、どこか野性の動物のような雰囲気があるところも。だがハリーはそこにさらに何か、何かメアリーの知らない何かを持っているように思われて仕方がなかった。

子どもらしく笑う。子どもらしくはしゃぐ。やんちゃで、友達もたくさんいて、どこに行っても中心的な人間になる子だ。我が子ながら、なんて生きるのが上手な子だろう、と感心する。

どこにいても誰といてもハリーは上手くやる。いつも楽しそうだし周りもよく笑っている。だけどそこに何か。メアリーの知らない何か入れ物のようなものが彼にはくっついていて、そ

こがいつもからっぽで満たされていないように思えてならないのだ。

荒っぽい人間の多い鉱山の町でハリーはどんどん大人に近づいていく。これからますます体も大きくなって、きっと立派な鉱山の男になっていくのだろう。

きっとやっぱりどこでも誰とでも仲良くなって、笑って働いていくのだろう。ずっと何かが空のまま。

この不安が何なのかメアリーはわからない。何かが間違っている気がする、いやそんなことはないと打ち消しているときに母から手紙が届いた。

実家のトイスの町はのどかなところだ。こんなふうにもうもうと煙が立っていないし、普通の会話が怒鳴り合いのように荒っぽくもない。

鉱山夫向けの賄い婦の仕事も、この頃少しきつくなってきていた。何を運ぶにも量が多いので、とにかく腰に響くのだ。自分でこれなら、高齢の母はもっともっときついだろう。

帰ってみようかな、とハリーの寝顔を見ながら思った。

何か。

何か。

メアリーの知らない何かが、ここじゃない町ならあるかもしれない。

牛乳配達に行ったハリーの帰りがずいぶん遅いので、メアリーは牧場で草を運びながら心配に思っていた。

「そんなにそわそわするもんじゃないよ。途中で友達にでも会ったんだろうよ」

丸太を切っただけの木の椅子に腰を下ろし、農具の手入れをしながら母が言う。

「そうねえ。でも朝ごはんもまだなのに」

「ただいま」

「おかえり」

「ほら帰ってきた」

走って帰ってきたのだろう。寒いのに汗の玉が浮かび、息子の頬は真っ赤だった。

瞳が、朝日の中の新雪のようにきらきらと輝いている。

「朝ごはんは？」

「食べてきた。アントン＝セレンソンちで」

あんまり息子の口から聞いたことのない名前だった。

メアリーは上を見て考える。

「ああ、あの役人のセレンソン」

母が言った。

「ああ、あそこの子。同級生だっけ？」

「うん。それでさ明日から毎日学校のあと、アントンちで勉強する。朝はちゃんと仕事するから、いいだろ？」

勢いよくハリーが尋ねる。

「別に構わないけど……ハリーあんた勉強なんて好きだっけ。うちではしてないじゃない」

「好きだと思ったことなかったけど、たぶん好きになると思う。今度ゆっくり話すけど、行きたい学校がある。許してほしい。金はかからないから」

「転校したばかりなのに転校するの？」

「初級学校じゃないんだ。あとで家の中でちゃんと説明するから。ばあちゃんも聞いてくれ」

息子の頬の赤みはなかなかおさまらないようだった。

あら、とメアリーは思った。

ハリーが子どもの顔をしている、と。

やりたいことがあって、この先に待っている面白いことが、楽しみで楽しみでしょうがないときの子どもの顔だ。

ええと、それをなんて言うんだったかしらと顎に手を当てた。

「ええと」

「夢、だろうよメアリー」

「ああ」

夢だ。

この世にそんなものがあるのを、メアリーはすっかり忘れていた。

ハリーが家に入っていく。

背ばかり伸びたその背中が、いつもより大きく見えた。

ふっと母が笑った。

「羽根が生えちゃったね。そのうち別人になるから覚悟しときな」

「何よ急に。男の子ってよくわからないわね」

「あっちだってこっちをそう思ってるよ」

「そう」

手を動かしながらメアリーは笑った。

なぜだろう、とてもホッとしていた。

メアリーの知らない何かを、ハリーが見つけ、今その空っぽを満たそうとしている。

きっと息子はこれからすごい勢いで、メアリーの知らない何かになっていくのだろう。

あんなに小さかったのに、とメアリーは笑う。それはとても寂しく、とても嬉しい。

モーと牛が鳴く。

「おかあさん」

「ん？」

「手紙、ありがとう。トイスに帰ってよかった」

「どういたしまして。じゃあ入ろうかね。ハリーの話、楽しみだねえ」

「ええ」

腰をとんとん、と叩いてふたりは伸びをする。

今日はいい天気になりそうだった。

六皿目　サーヴァド族のラント

ヤコブ＝ブリオートは感心していた。

ただひとりの教え子、ラントの賢さに。

「『カルヴァスバルカンの法則』を理解したか。……十二歳にして」

「？」

自分の為したことの意味の大きさを理解せず、にこにことラントは笑っている。

はあ、とため息をついてヤコブは眉間を揉んだ。

「……本当に、もったいない。国の宝になるものを」

やっぱりにこにことラントは笑っている。

ヤコブ＝ブリオートは長年教師を務めていた。

たくさんの教え子を送り出し自らも定年を迎え、やれやれでは集めに集めた本でも読んで残りの人生を過ごそうかと思っていたところ、領主から『国境の治安監視人を務めてほしい』との命が下った。

ヤコブが趣味で少数民族の言語を含む数か国語を使えることを、現在領主の下で事務官をしているかつての教え子が進言してのことらしい。おそらく人柄についても大いに盛られて耳に入ったのだろうとヤコブは確信している。

治安監視とはいうが、武力は用いない。端っこまで目の届かない役人に代わり、命を受けた一般人がそれぞれここからここまでと受け持って、文字どおり国境を監視し、何かあれば領主に報告するのが仕事である。

有事を見落としたからといって特にお咎めがあるわけではない。ただ任命されているだいたいがヤコブのような責任感のある暇なじじいたちだから細かくネチネチと、薄給にもかかわらず割とよく、ねちっこく目を光らせている。

妻はすでに他界し、娘は嫁に行って三人の子の母だ。ひとりで引きこもってボケるのもあれだしまあいいかと引き受けたヤコブを、悩ませる者どもがいた。

遊牧民のサーヴァド族である。

彼らはどこの国にも属していない。隣国との境界線を、あっちに行ったり、こっちに来たり。国境を壁で覆っているわけではないので、そのときどきの事情で好き勝手に移動して暮らしている。

暮らしているだけならまだいいだろうが、彼らは馬と、たくさんのパルパロを飼っている。パルパロはヤギに似た動物で、その毛を服にしたり、乳を飲んだりと彼らにとっては財産のような動物らしいのだが、こいつらがとにかく、水を飲む。草を食う。

サーヴァド族は皆、土を操る天才で、近くの川から水を引っ張ってきて移動式の家の近くに池を作ってしまう。

岩や傾斜をものともしないその技には正直毎回感心しているが、国民ではない彼らに国の地形やものの形を変えられるのは困る。

監視人でなければ見逃しただろう。このへんの草なんかただの雑草、川から水が減るほど灌漑しているわけでもない。目くじらを立てるほどのことでもなく、その質素な、自然とともに生きる姿に、いっそ感心したかもしれない。

だが今ヤコブは監視人だ。立場がある以上ひと言言わないわけにはいかない。

『サーヴァド族のトゥルバ＝テッラ！　いつも言っとるだろう！　頼むからうちの国に新しい池を作らんでくれ！　地図が変わるだろう！』

『パルパロを殺す気か。いつも言ってるだろう。疾《と》く、去れ』

『頼むからあっちの国でやってくれ。私はこんなことで我が国の君たちへの印象を悪くはしたくないんだ』

『もともと大地に線などない。後から来て勝手に引いたものを声高に主張するな愚かな男よ』

『トゥルバ＝テッラ！』

『疾く、去れ』

こうなのである。

浅黒い肌、男でも長く伸ばし結い上げた黒い髪、たくましい体の不思議な入れ墨。

入れ墨は成人の象徴らしく、子どもたちはつるりとしたそのままの肌をしている。

欲のない綺麗な瞳が、闖入者《ちんにゅうしゃ》であるヤコブをつぶらに見つめている。

その中にラントはいた。

ひとりだけ肌の白い、髪の黒くない子どもだった。

トゥルバ＝テッラが息子だと言うから、もしかしたら母親はこの国の女性なのかもしれないとヤコブは思った。

そのラントが時折、ヤコブの家に遊びに来るようになった。

馬に乗ると彼らは実に早い。

幼少のころから叩き込まれたのだろうその速さで、国境のどこに家を構えていようとも、彼は飛ぶようにヤコブの家を訪れた。

「先生、解けたよ！」

「どれ。見てやろう」

ヤコブはラントの持ってきた紙を広げる。

言葉も、文字も、ラントはこの一年ですっかり覚えてしまった。

国の名前も、世界の歴史も、これくらいの歳では及びもつかないはずの高度な計算も。

彼はいつもニコニコと笑いながら、軽やかにその頭におさめてしまった。

この子は天才だ、とヤコブは思う。

今まで送り出してきた教え子たちの中でも群を抜いて、ラントは賢かった。

地平線の先を見つめる深茶色の瞳は、まだ人智の及ばぬ先の知識さえ、見出すのではないかと思われた。

この賢さを、どうにかしてこの国のため役立ててはくれないだろうかと、善良な国民であり芯まで教育者であるヤコブは願った。

だがしかしその願いは、彼に自然とともに生き自然とともにある生活を捨てさせる。親を、兄弟を捨てさせる。

思い悩み、思い悩み、ついにヤコブはラント自身に、意志を問うた。

遊牧の生活を捨て、この国の国民となり、学校でより高度な教育を、受ける気はないか、と。

もしもラントがそれを希望するならばヤコブの養子としてこの国の籍を作る。学費は自分が負担する、と。

行くならばセントノリス、アーバード、チリスのいずれかだとヤコブは考えている。いずれも平民が行けるなかで偏差値の高い、専門的な教育を受けられる全寮制の学園だ。ラントならばどこでも受かる。

ラントにそれを伝えた。

ラントは考えた。

考え、考え、泣き出した。

勉強が好きだ。面白い。もっともっと学びたい。たくさんのことを知りたい。学校というものにも行ってみたい。同世代の子どもに交わって、たくさん話をしたい。

でも家族を、生活を捨てるのが辛い、と。

ヤコブと同じところで彼も思い悩み、涙をこぼした。

子どもに言うべきではなかったとヤコブは反省した。

これは自分のわがままだ。ラントのものではない。自分のわがままは、自分の口から必要な相手に言わねばならぬ。

そしてラントに馬に乗せてもらい、ラントの父トゥルバ＝テッラのもとを訪れた。

『トゥルバ＝テッラ、話がある！』

『池なら埋めんぞ』

『お前の息子のことだ。私はラントに高等教育を受けさせたい。私に彼の籍を引き取らせてくれんか。学校に行かせたいんだ』

『サーヴァド族から何かを奪うことはできん。ラントは俺の息子だ。息子に刻む入れ墨の形は父が考える。何故よその者が口を挟む』

『頼む。このとおりだ！　この子の頭脳は国の宝だ！』

『断る！　ラントは我々の宝だ当たり前のことを言わせるな！　疾く去れ！』

言い争う父と先生を、オロオロとラントは見た。

可哀想にどちらにもつけず泣いている。

『頼む。頼むトゥルバ＝テッラ！』

『くどい！』

ヤコブが地に頭を擦りつけたところで。

ボン。

何かが現れた。

「え？　誰？」

「おでん屋だよ」

ヤコブを見下ろす仁王立ちの老婆がしゃべった。


ヒソヒソヒソヒソ、とヤコブはトゥルバとラントに建国神話を小さな声で説明した。

あれは神様のお使いで、過度に敬う必要はないが失礼のないように。決して気づいていると気づかれないように。名前を呼ばないようにというところだけとにかく強調した。

ふたりしてウンウン素直に頷いているから大丈夫とは思うものの、やはり心配だった。

特にトゥルバが。

フーリィ相手に『疾く去れ』をかまされるわけにはいかない。

「なんにする」

『この丸いのはなんだ』

「卵だよ」

『食べたい』

「はいよ」

サーヴァド族の言葉が通じている！　とヤコブは目を見張った。

流石フーリィ。全知全能である。

『パルパロの肉はないのだろうか』

「ねえよ。肉は牛筋とソーセージだな」

『ではそれを頼む』

「はいよ」

トゥルバの前に皿が置かれた。

ヤコブは唾を飲み込んだ。

ほかほかと湯気を出すそれはとてもとてもうまそうである。

『僕も同じのください』

「はいよ」

ラントも言い、ラントの前にも同じものが置かれる。

こんなに種類があるのに食べたいものが一致するとは、やはり親子なのだなあとヤコブはほろりとした。

「私は……柔らかいものをお願いしたい。お任せします」

「はいよ」

丸い白い野菜と、丸い茶色いものと、白い三角のもの。

「大根、がんもどき、はんぺん」

「ダイコン、ガンモドキ、ハンペェン」

ヤコブは正確に繰り返した。

トゥルバとラントが同じ仕草で祈りを捧げている。またほろりときた。

「酒は。冷たいのと熱いのがあるよ」

「ありがたい。冷たいのをもらおう」

『冷たいのをくれ』

トゥルバとかぶった。

見事に形の揃った、精密な文様の刻まれた透明な硝子杯をふたつ並べ、大きな茶色い甕《びん》をフーリィは傾けた。

とっとっとっとっと……なんとも気持ちのいい音が響く。

「はいよ」

置かれた透明な酒を目の高さに掲げてまじまじと見た。

まったくなんという透明度であることか。香りで酒とわかるほどの濃い酒であるはずなのに、水のごとくひとつの濁りも見当たらない。

ふちまでなみなみと注がれたそれが零れそうになったので、ヤコブはおっとっとと口で迎えに行った。

横のトゥルバは上手に杯を持ち上げかっこよく口に運んでいる。

『「うまい！」』

トゥルバとかぶった。

なんという濃厚さ。

そのふくらみ。

すうっと鼻から息を出し、吸った。

ああ、これは回るやつだ、とヤコブは気がついた。

慌ててヤコブはフォークを取りガンモドキなるよくわからない茶色い丸いものを刺した。

「あッふぅっ！」

噛んだとたんに口の中いっぱいに広がった熱い汁にヤコブは悶えた。

熱い。

うまい。

熱い。

滋味深い白いふわふわしたもののなかに、細かく刻まれた様々な具材が混ぜ込まれ、色々な味と触感が代わる代わるヤコブを楽しませる。

わざわざ一度油で揚げてあるのだろう。それを汁で煮るとは、なんという発想、なんという贅沢。

口の中に残るものを噛みしめながら酒を運んだ。

水のようなのにとろりと舌にまとわりつく濃厚な味が、鼻に香ってから喉を通っていく。

「あ〜……」

ぶるりと背中が震えた。

ヤコブは酒飲みだ。

はっきり言って今最高である。正直死んでもいい。

熱いの冷たいの熱いの冷たいのでいくらでも進む。

皿にのっている黄色いものをつけたら味が変わることにも気がついた。なんというさりげない、本人の裁量に任せる最終変化であろう。これもうまい。

ダイコンも最高。ここまでうまい汁を抱きしめた野菜をヤコブは知らない。

ハンペエンはふわふわ。わずかな香りからして魚だろうが、ひとつの骨も不純物もなく、ふわふわ、しゅわしゅわと優しく口の中を刺激する。

そこにまた酒。

『「あ――――」』

またトゥルバとかぶった。

言葉など、国など、文化など。種族など関係ない。

うまいものは、ただ、ただうまいのだ。

あれ、なんの話してたんだっけとお代わりしたヤキドーフを食《は》んでいたヤコブは思った。

同じことを同時に思い出したらしいトゥルバと目が合った。

「……」

『……』

ふたりとも硝子杯に残っていた酒をあけた。

『おかみさん、熱いのもいただけますか』

『俺も』

「はいよ。熱いのと、ちょっとぬるいのどっちがいい」

『熱いのを』

『俺も』

「はいよ」

やがて出てきた細長い陶器を、あちちと持ちながらトゥルバの持つ底に青い丸が書かれた小さな器に差した。

自分の分は自分で差そうと思ったが、トゥルバが差してくれた。

なんでそうしたのか、なんでそうなったのかは、わからない。

でもきっとそうするために、これはこういう形をしているのだろうと思った。

口に運ぶ。

「ああ……」

こうなるのか、と、ヤコブは泣きそうになった。

香りが、味わいが、丸く甘くまろやかに広がっている。

体がふわふわと浮いているような気がした。

じわりと目頭が熱くなった。

指で押さえる。

うまい。

つくづく、うまい。

『「うまい」』

大人たちは腹の底からしみじみとした。

ずっと考えるように押し黙り、じいっとふたりの様子を見ていたラントが、意を決したように言った。

『……父さん』

『うん？』

『心が決まった。やっぱり僕は、学校に行ってみたい。知らなかった新しいものにたくさん出会って、もっと勉強してみたい。どうか許してほしい。先生の養子になっても、僕はずっと父さんの息子だから』

『……』

『血がつながっていなくても、拾い子でも、僕はずっと父さんの息子だった。入れ墨がなくたって、苗字が変わったって、遠く離れたって、僕はずっと父さんの息子だ。……そうでしょう？』

目に涙を溜めて祈るように見上げる息子を、トゥルバが力強く抱きしめた。

小さい子どもにするように、自分と色の違う髪を撫でる。

『当たり前だ息子よ。お前は俺の宝だ。今までも、これからも、それは永遠に変わることはない。お前の望みならば叶えよう。息子の旅を見送るのが父親の役割だ』

父と子の色の異なる瞳から、同じ透明な色の涙が落ちた。

横で見ていたヤコブは板に伏しておいおいと泣いた。

自らが起こした奇跡にきっと優しく微笑んでいることだろうと思って見てみたフーリィは、初めから少しも変わらない不機嫌そうな顔で、汁をかき混ぜていた。

七皿目　採掘家集団パパ・パタータ

今日も今日とて春子はがんもどきを置いている。

ギッ。

睨む睨む睨みつける。

パアン。

パアン。

閉じていた目を見開けば。

洞窟の中であった。

今日は舌を打たない。

代わりに目の前の岩肌を、穴を開けんばかりの勢いで睨みつけている。

「うわッ！　誰!?」

「おでん屋だっつってんだろ！」

春子の叫びが洞窟をこだました。

「うあ〜……うつめぇ……」

とろんとろんと男が四人、横並びに溶けている。

いっちょ前に髭を伸ばしたり、伸ばした髪を編み込んだりしているが、まだ二十代のガキどもである。

揃いのだぼだぼのへんてこな革の服、でかい水中眼鏡のような眼鏡を頭の上に上げて、ヘルメットは脱いで膝に置いてある。

目の周り以外の顔は泥でところどころ汚れ、額に巻いていた布で拭いてもそれは落ちていなかった。

「次なんにする」

「じゃがいも！」

「はいよ」

「あんたは」

元気に答えた編み込みの髭の男の皿にじゃがいもを入れてやる。

「じゃがいも」

「……はいよ」

短髪でどえらい筋肉の短髪の男にも入れてやる。

「あんたらは」

「「じゃがいも！」」

「てめえらは芋しか食わねえなあ！」

背の高いのと低いのにも入れてやる。

じゃがいもはそこまでの数仕込んでいない。今日はこいつらに食い尽くされて終わるだろうと春子は思った。

髭の男が冷酒を飲みながら照れたように笑う。

「俺たちみんな同じ村の出で。寒い、じゃがいも畑ばっかのド田舎で」

「へえ」

じゃがいもばっかで悪いからじゃがいも以外で適当にお願いしますと髭に言われたので、春子は大根とたまご、牛筋を入れてやる。

「毎日毎日芋ばっか。もう芋なんか食いたくねえやと村を出たはずなのに」

彼らは箸を使えた。この変な場所では初めてである。

まあだからといって春子にはどうということではない。

髭の男はぱかっと飴色の大根を割った。

「本当に腹が減ったときに食いたくなるのはふかしたあつあつのじゃがいもなんですよ。おっかしいでしょう」

「そんなもんだろ」

「そんなもんすか」

にっと嬉しそうに笑ってから大根を口に入れ、ぱあっと顔を明るくした。

「うつめぇ……お前らじゃがいも以外も食え。めちゃくちゃうめぇぞこれ」

横の仲間たちが身を乗り出して髭男の皿をのぞき込む。

筋肉男が皿を出す。

「俺は……じゃがいもで」

「なあ俺の話聞いてた⁉」

髭が突っ込む。

「熱い酒ください。あとじゃがいも」

「俺冷たいの。あとじゃがいも」

大きいのと小さいのが言う。

はあ、と髭がため息をついた。

が、いつものことなのだろう。怒るでも悲しむでもなく続きに取り掛かる。

「うわ……たまごうつめ。汁と……そっか先に割ると汁濁っちまうんだな……こっちの肉を先に行ってから汁と飲むのが正解だったのか……いや待てよ」

この髭、気楽そうな顔のわりに性格が細かそうである。

「じゃがいも……」

「もうねぇよ」

皿を出した筋肉男に春子は言った。

ぷしゅうと空気が抜けたように筋肉が凹んだ。

皿を出そうとしていた大きいのと小さいのも悲しげにしぼんだ。

いきなり屋台の中がお通夜のようになった。

仕方ねえなあと春子は息を吐いた。

「じゃがいもじゃねえけど芋ならまだあるよ」

「わあ！　食いたい！」

「誰かすり鉢押さえな。あ、そこの筋肉はやめろ鉢が割れちまう」

「じゃあ俺が」

髭が手を伸ばし、しっかりとすり鉢を押さえた。

春子は手を伸ばし、既にヒゲ根を焼いてある自然薯を取り出す。

「棒？」

「自然薯だよ」

自然薯は皮も食える。はじからすり鉢の凹凸に擦りつけ、すりおろしていく。

この人数だったらこれぐらいでいいだろう、というところで手を止めて、すりこぎを持った。

もちろん粘りのあるそれを手につけるような馬鹿な真似はしていない。ごーりごーりごーりと擦りながら、出汁を少しずつ加えて合わせていく。

八百屋の親父が趣味の山歩きで取ってきた正真正銘本物の自然薯だ。粘り気がありすぎてなかなか出汁と混ざらない。

「……魔女みてぇ……」

「うん」

うるせえガキどもだ。

それでも根気よく混ぜ続ければ、やがて茶色いねっとりとしたもちのようなとろろになった。

さじですくって小さな器に移し、手で揉んだ海苔をぱらり。

最後にちょんとワサビをのせて、少しだけ醬油をかける。

「はいよ。運がいいなあてめえらは」

自然薯はまともに買えばとても高い。

当然ドケチの春子は買わない。おでんの屋台には分不相応な食材だと思っている。

それでも『途中で折れたとこだから』と無料でくれるというのを断る性分ではない。ありがたくいただいて、別に自分の夕飯にしても良かったが、こいつらが芋芋うるせえしうるせえ役人もいない場所なのでこうしてありがたくつまみを作ってやっている。

これにありつけた彼らは豪運の持ち主だと言っていい。

「いただき、ま～す？」

初めて見る茶色のねばねばもっちりを不思議そうに箸で持ち上げたり、混ぜたりしながら疑うような顔で口に運んだ。

「「「！」」」

猫でしっぽがあったら立っていただろう、という風に彼らは背筋を伸ばした。

口の中の味わい深いものをじっくりと転がし、はっとしたようにそれぞれ酒のコップを持つ。

「「「……！」」」

それぞれがそれぞれの恰好で、じ～んと震えている。

そりゃあそうだろうよと春子は思った。

初見でひと口に口に入れた度胸を誉めてやろう。伊達に芋に囲まれて育ってないじゃねぇかと春子は思った。

「なんか……」

「うん。力がみなぎってきた……！」

顔を合わせ同時に頷き、ふんと男たちは鼻息を吐いて残りの酒をあけ、揃って膝を叩いて立ち上がり、置いていたヘルメットをかぶり眼鏡をつけた。

ビシッと揃いの衣装を身に着ければ、アホ面どももなかなか見られないこともなかった。

「「「ごちそうさまでした！」」」

「はいよ」

すうっと春子の屋台が消えたのを、揃って背を向けた彼らは気づかなかったし、気づいてもどうということはなかっただろう。

彼らは希少な鉱石を探す採掘家集団『パパ・パタータ』。

若くしてその嗅覚と腕前を国に認められ、女王直々の命を受けここ白銀鉱山に潜って早二年。

そこそこの成果は上げているものの、肝心の金属の女王様、ミスラルにはまだお目にかかっていない。

暗いあなぐらの中、泥と土にまみれて早二年。

しかしこれまで心から光を失ったこと、諦めたことはない。

泥臭く、土にまみれて進む。

ずっとずっとこれまでそうして生きてきたのだから。ここにいるメンバー一同、それを厭《いと》ったこと、恥じたことは一度もない。これが我々の生き方だ。土にあることを恥じる芋などいないように、我らとてそう生まれそう生きることを恥じることはない。

「出ってこいミスラルオッリハッルコーン」

「「「出ってこいミスラルオッリハッルコーン」」」

ツルハシを高々と掲げ、いつもの歌を歌いながら。

尋常じゃない力が、熱が体にあるのをリーダーの髭男カーティスは感じている。

「おっれたっちゃゆっかいな石堀屋――！」

「「「おっれたっちゃゆっかいな石堀屋――！」」」

「パパ！」

「「「パタータ！」」」

「パパパ？」

「「「タータ！」」」

「せえーーっの！」

それぞれツルハシを引き、ここぞと思う場所に振り下ろす。

さくり、とそれは、いつもの数倍簡単に突き刺さっていく。
ニヤアッとカーティスは目を爛々と輝かせて笑い、唇を舐める。
採掘家としての勘が言っている。
この道だ。
間違いなくこの道だ。
王が命じ、神が祝った。
この先にこそ金属の女王様が、手を広げてパパ・パタータを抱きしめる場所がある。
「盛大に行け！　絶対にこれだぞパパ・パタータ！」
「「「おう！」」」
皆目を見開き、頬を染めて石を掘っている。
夢にまで見たまばゆい白銀の光が彼らを包むのは、あとほんの少し。
ほんの少し先のことだった。

八皿目　オルゾ半島の学者たち

「駄目か……」

土に膝をついて項垂れる同僚を、植物研究家シードル＝フロムシンは見つめた。

彼の担当する区域の畑で、せっかく出穂した麦の花が、雨に濡れ腐り落ちている。

シードルもその横に膝をつきたかった。だがそういうわけにはいかなかった。

シードルはこのプロジェクト、麦復活《リクリーテ》計画のリーダーなのだから。

ぽん、と同僚の肩を叩き、力ない体を支えて立ち上がった。

「濡れるぞハロルド。中に入ろう」

「……三年だぞシードル。三年だ」

ここについた当初は醗溂と輝いていた三十四歳の男の顔が、十年も年を取ったかのように憔悴し、雨と涙に濡れている。

「……中に入ろうハロルド。風邪をひいてしまう」

「……陛下に、なんと申し上げれば」

「……」

かける言葉もないまま、同僚の肩を支えて小屋に戻った。

薄い外套を脱ぎ壁に掛けて、ため息をつきながらシードルは椅子に腰かけた。

ハロルドも座るのが精いっぱい、といった様子で座っている。

部屋に入ってきた三人目の男ホーカンが、項垂れるふたりを見て状況を理解し、同じく暗い面持ちで残った椅子に腰かけた。

泥のように体が重い。

これで三回目の挑戦も失敗。全滅だ。何も得るもののないままに。

この地にしては妙に肌寒い湿った空気が、どんよりと部屋に満ちている。

大国アステール。国の東側、南に長く伸びたオルゾ半島がある。

別名『女王の麦半島』。

質と香りの高い白の麦がとれる、国自慢の半島だった。

四年前までは。

四年前、半島の東側にあった海底火山が噴火した。

海流が変わったか、地形が変わったか、風向きが変わったか。

普段なら乾燥した晴天が続くはずの牡牛月、双子月に、ここだけ雨が降るようになった。

しとしとと長引くいやらしいこの雨は、半島自慢の麦を全て腐らせ枯らしてしまった。

女王陛下はお困りになった。国の食糧庫と言っても過言でなかった場所が、突然不毛の大地に変わってしまったのだから。麦は国の主食であり広く生産されているので、たちまちに国民が飢える、というほどではない。ただ長期の備蓄計画を変更する必要があるほどの影響力は持っていた。

輸入に頼ることもできる。しかし頼りすぎればそれもまた、他国との力関係を変えさせる。

できるのであれば半島で再び、国民の口に入る主食の生育をしてほしい。

その命を受け半島に降り立った三十代の研究者たちは、それまでの研究の結果を生かそうと、
当初は夢と希望に満ちていた。

だが。

三回目の挫折を前にして、もはや立ち上がる力も残っていない。

少しでも進むならば立てただろう。

わずかでも明るい兆しが見えるならば。

しかしシードルたちはほぼ確信している。

この地にもう、麦は育たない。

自分たちの手となり足となり畑を耕してくれている地元の人々に。

日に日に見切りをつけ他の麦畑へ去っていく人々の背中を見送りながら、それでも再びこの地で麦を作りたいと期待を込めて不毛の地に残ってくれたわずかな農民たちに。

研究者という看板を背負った無力な我々は、何を、どう説明したらいいのだろう。

「……ぐぅ」

「泣くなハロルド」

「うう……」

「泣くな。泣かないでくれハロルド……頼むよ……」

「……」

頬の赤い頃から王宮の植物研究所で同僚として働いていた三人だ。

ハロルドの責任感の強さ、ホーカンの辛抱強さをシードルは知っている。

期待を受け中央を離れ、ああでもないこうでもないと論じながら三年、考えられるすべての手を打ったはずだった。期待に応え、どうにかして成功したかった。

土を変え種を変え作法を変え。

植える場所を、水の量を、植える時期を変えて。

だが今年もそれをあざ笑うかのように降り注ぐ長雨に、その全てが枯れた。

あと何年我々は同じことを繰り返すのか。光の見えない絶望に涙しながら、何度大地に膝をつくのか。

自分の目にも浮かんだ涙をぬぐおうとしたシードルの前に。

ボン。

煙を出して何かが現れた。

「……え？」

「……おでん屋だよ」

老婆が湯気を出す何物かを混ぜている。

はふ、はふ、はふと口から湯気を出しながら。

シードルがダイコン、ゴボーテン、イトコンニャクを。

ハロルドがたまご、サツマーゲ、コンブを。

ホーカンがコンニャク、アツアゲ、じゃがいもを食べている。

はっふはっふと、言葉もなく食べている。

全てが初めて見るものだった。

ハシなる二本の棒をホーカンが器用に操るので驚いた。国の東の端、二十年前の戦争で新たに合併された領地で食事の際に使うものだという。ホーカンはそこの出身だったのだ。

ごくんと口の中のものを飲み込みホーカンが言う。

「声高に言うものでもないからな。今となっては別に気にするものでもないことだ。合併されてかえってよかったよ。おかげで子どものころからの夢が叶った」

「うん、あの国は武力を重んじるがあまり、学術・芸術面を伸ばそうとはしないからな」

答えながら、口に運んだものの不思議な食感にシードルは驚いた。

ゴボーテンなるものの柔らかな魚の風味を感じさせる茶色いやわらかなものの中から、土のにおいのする、歯応えのあるものが出てきたのだ。

まわりの茶色いものとともにそれを噛み締める。

汁を飲む。

そして噛み締める。

うまい。

海のものと大地のものが渾然一体となり、歯応えのあるものから出た素朴な香りに複雑な味の組み合わさったあたたかな汁が混ざって口いっぱいにふくよかに広がる。

うまい。

「酒は？　熱いのと冷たいのがあるよ」

老婆の形をとったフーリィが言う。

シードルは手を立て首を振った。

「結構です。あいにく下戸でして」

「私も下戸で」

「下戸です」

「ゲコゲコゲコか。田んぼかよ」

老婆は皿を三つ並べる。

「飲まねえんなら飯食いな。そんないい体じゃ腹も減るだろうよ」

とん、とん、とんと皿が置かれた。

目の前に、白いものを三角にしたものが置かれた。

表面に何やら黒い点々がちょんちょんとついている。

薄く切られた黄色い何かが寄り添っている。

「……これは……？」

「リーゾだろう」

「あのサラダについているやつか？　あんなパラパラしたもの、こんな風にはできないだろう」

「形が違う。リーゾはもっと細長いぞ」

「品種が違うんだろう。温暖多湿な国ではこれが主食だったはずだぞ」

「へえ……興味深いな」

皿を覗き込んであれでもないこれでもないと話し合う根っから学者肌の男たちを、じっと老婆が睨みつけている。

そこに食うのか食わねえのかという苛立ちを感じ、学者たちははっとした。

「いただきます。これはどうやって食したらいいのでしょうか」

「握り飯なんだから、手で持ってかぶりつけ。梅干しの種食うなよ」

「はい」

素直に男たちはニギリメシを持った。

つるぴかと輝く表面をじっと見つめ、あーんと口を開けてかじる。

「……」

甘い。

しょっぱい。

甘い……!?

男たちは驚愕を浮かべた顔を見合わせた。

ひと口でそのひと粒ひと粒にこもった栄養価の高さがわかる。

ちょうどよい塩加減をされたそれは甘く、柔らかく、ほろりと口の中でほどける。

食べ進めれば今度はカリリとした酸っぱい、しょっぱいものに当たった。

カリ、カリ、カリ。

男三人の口から可愛らしい音が響く。

「……」

合う！　とシードルは心の中で膝を叩いて叫んだ。

何かはわからない。だが合う！

黒のつぶつぶした薫り高い味わい、ニギリメシ本体の奥行ある甘い膨らみを、そのカリカリは鋭く、だが味わい深くきゅきゅっと締める。

口の中でそれらは混ざり合う。

シードルは目を閉じた。

今自分の口は調理場になっている。

甘いもの、酸っぱいもの、しょっぱくて香ばしいもの。味わいと食感の違うものを混ぜ合わせ、さらなる高みに行こうとする調理場だ。

はっとした様子のハロルドが添えてあった黄色い薄いものを口の中に追加して噛んだ。

これまたポリ、ポリと涼しげな音が彼の口から響き、彼は震えながら頭を抱えた。

右を見ればホーカンが、皿に残ったあたたかい汁を口に入れ、嚙み締めて、飲み込んで、何かシードルの知らない言葉を小さく呟き額を覆ってのけぞった。

シードルもふたりの真似をした。

そして顔をおさえて肘をついた。

うまい。

黄色いポリポリは赤いカリカリとは違い酸味はない。

甘味が強く、ニギリメシに寄り添いながら楽しい食感で口の中で遊んでいる。

さまざまなものの味を含んだあたたかい汁。これが合わないわけがない。冷たいニギリメシの甘い風味が、汁が合わさることで柔らかく広がり、全身が何とも言えない幸福感に包まれる。

あっという間にニギリメシはなくなってしまった。

悲しげに涙を浮かべる男たちを老婆は見る。

「……おかわりかい」

「「「おかわり！」」」

もうなかなかいい歳になってる三人が、子どものように頰を染めて言った。

うまいうまいカリポリじゅわりとがっつきながら、シードルは考えた。

半島で再び、国民の口に入る主食の生育を。

国民のために。

国民が、飢え渇くことのないように。

指についたニギリメシの落とし物をぺろりとし終えた男たちは呆然とした。

嘘だろう？　と思った。

「……ハロルド、ホーカン」

「……ああシードル」

「ああ、俺たちはまったく馬鹿だった」

女王の麦半島だから。

当然に麦を育てなくてはと思っていた。

麦が、出穂の時期に雨が降らない、夏に乾燥し冬にたっぷり雨が降る気候に育つ作物であることを研究者である自分たちは初めから理解していたはずなのに。

求められるまま新たな品種を、雨に強い品種の麦を見出そうとしていた。この大地でも生きられる、奇跡のような麦の種を。

最初から、探すべきは奇跡ではなかった。


「……麦じゃなくたっていいんだ」


牡牛月、双子月に雨が降る。

大陸よりも温暖で多湿になってしまった半島で育つなら。

腹が満ちるなら。おいしいなら。

アステールの国民を満たす栄養になるのなら、麦じゃなくたってよかったのだ。

三年、麦を育てんと全力でやった。何ひとつ得られなかった。

得られなかったことは無駄ではなかった。麦は無理だと確信し証明するための三年間だったのだ。だからこそためらいなく、我々は次に行ける。膝についた土を払い、未練なく軽やかに立ち上がって別の方向を見られる。

「……リーゾを主食にする国に、学びに行くことは可能だろうかハロルド。お前外交詳しいな」

その言葉にパッと顔を上げたハロルドの頬が赤い。

目に力が戻り、きらきらと輝いている。

「確か十五年ほど前に南方の一国と友好関係を結んでいて交流がある。月一回、使者と互いの国の名産を載せた船が出ているはずだ」

「……種を買い付け、技術者を招くことを目指そう。代わりに麦の育成法を教えると言えば、喜ぶ学者はそちらの国にもいるはずだ。学者なんて、新しいことを知りたくて知りたくてしょうがない人種なのだから」

「リーゾにだってこだわる必要はない。芋でもいいはずだ。この気候に合った芋を俺は探す。芋は世界を救うんだ」

横からホーカンが入ってきた。彼の頬もまた赤い。シードルは微笑んで頷いた。

「うん、主食になるならなんだっていい。この地に合う種の様々な可能性を探そう。だが当然この半島に期待されているのは麦だ。麦復活の方針転換に、陛下は賛同してくださるだろうか……」

　シードルを力づけるようにハロルドが声を上げる。

「今なら中央にお戻りの『女王の金天秤』ジョーゼフ＝アダムス補佐官が陛下についておられる！」

「なんだと早く言え！　それならばきっとお心も安らかなことであろう。急ぎ上申しよう。追って中央に向かい、この三年間の記録を元に方針の転換希望に至った経緯を口頭で詳しくご説明申し上げるのだ。大丈夫。わかっていただける。俺たちはこれまでどんな挑戦も失敗もつぶさに、正確に記録してきた。どんなに隠したい恥も一切隠さずに、詳細に、全てを。俺たちは間違いなく全てを尽くし全力で失敗した。今後変えるべきがやり方ではなく方針であることをきっとわかっていただけるはずだ。天を変えられないのならば変わるべきは我々なのだから。どうする、中央には誰が行く」

　ハロルド、ホーカンが澄んだ目でシードルを見据えている。

「全てを把握しているリーダーのお前だシードル。俺は南の国に渡るための当たりをつける」

「わかった。お前はどうするホーカン」

「この地に残り農民たちにこれからの展望を説明をする。農民が、作るものを変えるというのは大変なことなんだ。生活そのものが変わってしまう。賛同を得られないまま俺たちの勝手だけで無理やりにやらせたくない。この地を愛し残ってくれた人たちだ。きっとわかってくれる。そうなるように努力する。同意を得られたらその後、皆とともにリーゾには適さない場所で根づきそうな芋を様々試そう」

「……さすがだホーカン。ありがとう。気が急くあまり大切なものを見落とすところだった。ありがとう！」

男たちは明るい顔でがっしと手を握り合った。

初めて植物研究所で同期として顔を合わせたあの日のような、希望に溢れる赤い顔で互いを見た。

「また一からやり直しか。まだまだ学ぶことばかりだな！」

「何もない。知らないことばかりだ！　いったい何年かかることやら！　まったく、楽しいなあ！　やろう！」

「ああ、この地をまた必ずや緑と芋に溢れた、国民の食糧庫にしてくれよう！」

目を輝かせてはっはっはっはと高らかに笑い合う学者たちを、くつくつと煮えるオデンの前で長いハシを持ったまま、しんとした顔で老婆が見ていた。

◇◇◇◇◇

これはかつてアステールではなかった辺境の東の小さな村の、少し昔の話だ。

「何見てんだ？」

「ああカーティス、見ろよでかい馬の馬車。珍しいなあ」

崖の上、覗き込むように下を見ている悪友たちに、カーティスは歩み寄った。

農業用じゃないすらりとした馬が引く馬車に、青年が荷物を運び込んでいる。

「誰だあれ」

「馬持ちのほうのアッサールの、ホーカンさんだよ。知ってるだろ」

「ああ、あのいつも草見てる人か」

「いきなり草むらから出てくる人だ」

「あれビビるよな。どこか遠くのいい学校に受かったんだって」

「へえ。変な人かと思ってたけど、頭いいんだ」

「じいちゃん連中は嫌ってるけどな。アステールに魂を売ったとかなんとか」

「戦争に負けたんだからしょうがないのに。固いなぁ、じじいは」

「あんなのもう石みたいなもんだ。しょうがないさ」

「割っちまえ」

「おいおいみんなあと何年かで死ぬんだから、動く石像だと思ってほっといてやれよ」

それぞれおやつの芋を食いながら勝手なことを言う子どもたちの前で、やがて馬車は走り出した。

「おいおい見送りもないのか」

「せっかく偉いのに、可哀想だな」

「そんなの気にしてないよ。たぶん」

「いいなあ。きっと外にはうまいもんいっぱいあるんだろうなあ」

「……」

それぞれ皆、手の中のふかしただけの芋を見る。はあ、と息を吐く。

「外に出たいなあ」

寝転んで青い空を見る。

ここは空だけはきれいなのだ。

ぼんやりとそんな事を言いながらそのきれいな空を見上げたのが、四人が七歳の頃。


東境の村モス。

辺鄙《へんぴ》で寒い、じゃがいもばっかりしか取れない寂れた場所だ。

武力を重んじる国の端っこで一応食料庫として芋を細々と作りながら、これまでは国の方針に従い、子どもも厳しく訓練されてきた。

朝一に走り、号令をかけながら上半身裸になって体を布で擦り、木の棒で戦う。

幸いカーティスたちが初級学校に上がる前に戦争に負けアステールの一部になったので、その伝統はなくなった。もし始まっていたら同級生のなかで、この四人はとりわけその成績が悪いクズの認定を受けていたことだろう。

やる気がない。負けん気がない。そもそも強くなることにまったく興味がない。

初級学校の六年生になった今、四人が興味があるのは、石のことだけなのだ。

初級学校入りたてのころ森の中を探検していたとき、この洞穴を見つけた。誰かがそこで寝起きしていたかのようにきれいに整えられ、整えられたまま古びていた。

どこかに骨など落ちてないかと心配したもののそんな様子はなく、ふと主人が旅に出たまま帰れなくなったかのような、不思議なきちんとした様子があった。

棚いっぱいの本はすべて、石や鉱石、宝石に関するものだった。

色のないはずのその本に四人は見入った。当時まだ字を読めないし書けなかったカーティス以外の三人はここでみるみるそれを習得した。読みたかったし、記録を残したかったから。

今日も今日とて、秘密基地で本を広げている仲間たちをカーティスはつくづくと見つめる。

筋肉質なライカン。ただし喧嘩が強いわけじゃない。あれは家の手伝いでついてしまった、いわばじゃがいも筋だ。無口で気が優しいから口喧嘩さえしない。

背の高いウィード。ヌボーとした雰囲気だが、こう見えてきれいなもの、特に宝石が大好きだ。

チビのポッド。実は一番気が強くて喧嘩っ早い。彼は鉱石が大好きだ。

そして我らがリーダー、カーティス。頭が良くて顔がいい。このなかでは一番大人で勉強ができる。

太陽の光が入る場所でのんびりと皆それぞれの本に見入っている。生まれてからずっとそばにいた彼らにこんな集中力があることを、カーティスはこの場所で初めて知った。

それぞれのお気に入り、ライカンは地層の本を、ウィードは宝石の本を、ポッドは鉱石の本を読んでいる。じゃあ今日はとカーティスは世界の地図を手に取った。

モスの場所には赤い葉で小さく印をつけてある。つくづく端っこで、小さいなあと思う。世界は広い。カーティスはいつか世界を見てみたいと思う。

だから中級学校を受験する予定だ。受かればこの村を出る。

三人はそれぞれの畑を継ぐだろう。カーティスの家は姉さんが婿を取ったから安泰だ。畑仕事はちゃんと手伝っているつもりだったが、さすがは親だ。そこに気がないことはお見通しで、長男なはずのカーティスははなから跡取りとしては期待されていなかったらしい。姉が惚れたのが同じ村の幼馴染の三男だったのも理由だ。じゃあ俺はいいよと、それも併せてカーティスは受験すること、家を出ることを決めた。

「なあ、いまどんくらいだ？」

ポッドに尋ねれば、彼は顔を上げにししと笑う。

床の砂を手のひらで避け、現れた木の板を剝がせばそこには輝く石、石、石。

鉱石あり、宝石あり。ここを見つけたあの日から少しずつ少しずつ、村の近くの山や岩場を掘って見つけたものだ。

ポッドが鉱石を嗅ぎつけ、ウィードが宝石を嗅ぎつけ、ライカンが掘る。カーティスはまあ、掘ったり持ったり調べたり、そのときどきに必要な調整役だ。掘っていい場所かどうか、どこからどれくらい掘ったかを記録して、持ち帰って本と照らし合わせて価値ごとに分ける。最近カーティスは勉強のためあまり掘りに行けないので、いつの間にこんなに増えたんだと驚いた。

「売ったらいくらになるかな」

「そろそろ売りたいよなあ」

きらきらと光る魅惑の光にごくんと唾を飲み込む。石というのは魔石でなくとも、なんだか魔力があるような気がする。

「カーティスが外の学校に行く前に金に換えて四等分しようぜ」

「……うん」

受かればカーティスは村を出る。

この仲間たちと別れて。

カーティスは世界を見てみたい。

じゃがいもじゃないうまいものをたらふく食ってみたい。かっこいい服も着てみたい。女の子にもモテてみたい。

だからなんとしても受かって村を出る。なんの研究か知らないが、何かの研究のために数年前にここに移り住んできた、中央で教鞭をとっていたという爺さん先生がいたのは幸運だった。

「……おれ、今度家族と隣町行くから、売ってこようか」

「ウィードだけじゃ不安だ。邪魔して悪いけど俺も乗っけてってくれ」

「……カーティス、勉強だろ」

「一日くらいなんとでもなる。お前だって不安だろウィード、足元見られねぇか」

「……不安だ」

「ほらな」

そうして売り払った石たちは、なかなかの金額に換わってくれた。

四等分じゃ俺の取り分が多すぎるとカーティスが断ろうとしても、皆受け入れてくれなかった。掘削のための道具を大人の目をかいくぐって用意するのも、掘っていい場所かどうか予め調べるのも、ちゃんとした値段で売るのもカーティスがいないとできなかったからだという。

確かにそれはそうだ。三人揃ってそれぞれ飛び抜けて得意なものがある分、極端に不得意なものもまたたんまりある連中どもだ。こいつらには常識やバランス感覚というものがまったくない。

「……お前たちは、村で畑やりながら掘るんだろう？」

「ああ」

「うん」

「……」

あ、これやべぇやつだとカーティスは思った。こいつら嘘が下手すぎる。

「……どういうことだ」

「なんもないってなんも」

「うん」

「……」

目線が泳いでいる。泳ぎに泳いでいる。それぞれが持っている金の入った袋が、妙に不穏に思えてならない。

試験は来月だ。大きな街に行かないと試験が受けられないから、あと十日でカーティスは一度街に出る。

不安だ不安だと思いながら、こういうとき意外と口を割る連中ではないので、あとでそれぞれがひとりのときを狙って、まずはポッドあたりの口を滑らせようと思って、その日は家に帰った。


夜、じゃがいもばっかりの夕飯を食べ終えて母と並んで皿を洗っている。

「カーティス」

「うん」

「あんたの友達のライカンくん、軍人になるんだってね」

「……へえ」

「あそこのおじいちゃん元軍人さんだもの。もう来週から親戚の家に預けて、いずれ軍官学校に入れるらしいわよ。優しい子なのに、大丈夫かしら」

「……」

じっと母を見た。

「母ちゃん」

「なあに」

「俺がいなくなったら心配する？」

母は皿を洗っている。

水を切り、布で拭う。

「するわよ。あんたはまだ子どもで、自分の子だもの」

「……だよな」

棚にかちゃんかちゃんと皿を戻していく。

「あんまり無茶しないで、体を大事になさい」

「……」

「あんたはいつも周りの顔色を見て我慢するんだから。たまには自分の一番したいことをしなさい」

「……」

大急ぎで部屋に戻り、荷物をまとめた。

夜の闇の中を走る。秘密基地に向かう。

「……」

はあ、はあと息をしてランプを掲げる。本棚から、あいつらの好きな本が消えている。

中央のテーブルの上に手紙があった。カーティスは灯りを置き、頼りない光の中にそれを広げる。

『えらくなれカーティス。俺たちはすごい掘る』

汚い字。

「……それだけ？」

生まれたときから横にいて、いっしょに芋を食って育った。空を見上げて、夢を見上げて育った。

カーティスが外の中級学校を目指したのは世界を見たかったからだ。そして偉くなって、この寒い、芋ばっかりみたいな夢のない場所を変えたかった。裏切り者と罵られるかもしれないけれど、ここみたいな辺鄙な場所に生きる、国の新参者の立場の弱い人間たちを、少しでも守るよう動ける人間がひとりでもアステールの中央にいたらいいなあと思って。

村を捨てようとするカーティスに、仲間たちは誰も、ひとつの恨み言も言わなかった。カーティスは頭がいいからなあと笑うだけ。

カーティスは頭がいい。顔もいい。突出した才能がない分、調整がうまい。いつでもへらへら笑っているし、怒ることもない。あいつらが問題ばっかり起こすから、いつの間にかそうなってしまった。

本棚を見た。なんでこれを置いていくんだという必要な数冊を抜き取る。

カーティスの分のヘルメットとつるはしだけ、妙に丁寧に壁に掛けてある。被り、背に負う。

暗い村を走る。みんな朝早いし灯り代がもったいないから、もうほとんどの家の灯りが消えている。

そのひとつの、灯りの消えた小さな家の前に立つ。ポケットに入れていた手紙を扉に挟む。

『お前は本当につまらん男だなあ。たまにはおもしろいことをしてわしを驚かしてみろ』

そう言ってカーティスをけなす、それでも真剣に勉強を教えてくれた先生に、扉を挟んで深く礼をする。残念ながらカーティスはきっとこのあともずっとこのままだ。飛び抜けたものが何もない、そこそこ頭のいい器用貧乏。でも、ここで教わったことを、カーティスは決して無駄にしない。

そしてまた走る。

夜にこっそり出るのはまあ、わかる。でも移動は朝日が出てからじゃないとダメだ魔物が出る。村の近くの崖の上ででも時間を潰して、朝日が出てから歩き出すくらいの知恵くらいはあるだろうと信じて、あの日の崖の上に向かう。

「だからさあ、リルカリオンがいいだろ。山が四つもあるんだぜ」

「ザンドラにしよう。鉱石の宝庫だ」

「……」

ぱちぱちと爆ぜる焚き火を囲んで、興奮したような声が密やかに響く。

カーティスはなんだか泣きそうになった。こいつらホント馬鹿だ。

「リルカリオンに行くのに何個関所を通ると思ってる。身分証もないような未成年が入れるような場所じゃない。ザンドラは免許制。行ったところで山には入れねぇよ。だいたい最初からそんな遠く目指したら、途中で金が尽きて行き倒れるだろ、馬鹿」

「……カーティス」

どうだこの登場、かっこいいだろうと思いながらカーティスは火の中で笑う。

揺れる赤々とした炎に照らされる、見慣れた馬鹿面たちを見る。なんでだろう、やっぱりなんだか泣きそうだ。

「……まずは隣の隣のハッサス。がんばれば歩いていける。あそこはこれまで大したもんは出てないけど、安い宿屋がいっぱいあってわけありでも詮索されないし、手堅く中堅の鉱石が掘れる。金を溜めて、ちょっとずつ移動して、いい装備が買えるようになったら宝石の山ミジュラルに行こう。地道に金を溜めて、十六になったら協会に加入して、ランクを上げて」

カーティスは夢を見る。世界を見る夢、こいつらと歩む夢。

そこに眩い光が見えたような気がして、カーティスは目を細めた。

「いつか掘ろうぜミスラルにオリハルコン。女王が指名するような、王の山に入れるようなすごい採掘家になろう。そのためにも最初の何年かは手堅く、危険を避ける。まだ子どもだからな、俺たちは」

「すげぇやカーティス！　今お前めちゃくちゃかっこいいぞ！」

「……」

ポッドが声を上げ、ライカンがホッとしたような顔をしている。

ウィードが歩み寄ってきて、背を屈めた。

「……学校、いいのか？」

カーティスは友を見る。こいつはこのなかではカーティスの次に頭が良くて、優しい。

こいつらと家族がいるここを守ろうと思った。遠くで。でもこいつらが今無茶をするなら、
そこには絶対リーダーのカーティスがいなければダメだ。

「ああ。だって俺がいなきゃすぐ死ぬだろお前ら。馬鹿しかいないんだから」

「……ありがとう」

「しみったれた顔すんな！　旅立ちの朝だぞ！　よし今から会議を行う！　集まれ馬鹿ども！」

火の前に地図を広げる。そこに夢の線を引く。

わくわくした。これからこのメンバーで、これまで地図の上にしかなかった世界を歩むのだと。

「チーム名考えなきゃなあ」

「歌も」

「なあ、ちゃんと聞いてる？」

「カーティスに任せときゃ大丈夫だろ。かっこいい名前がいいなあ」

「チームオリハルコン？」

「理想が高すぎてダッセェ。それにもうありそうだ」

「うん。わかりやすくて、俺らしいやつにしよう」

「なあ誰か聞こうよ。今俺大事な話してんだけど」

わいわい、わいわい。

夢の始まりの興奮に頬を染め、少年たちは声を抑えて笑い合っていた。

そんな数年前の、まだ子どもだった頃のことを、今カーティスは懐かしく思い出している。

明るい光に包まれながら。


「何を見ているんだ？」

すくすく育って大男になったウィードが、紙を広げるカーティスを見た。

あたり一面に白い光が満ちている。男たちは地面に寝そべり、大の字になってその光をうっとりと全身に浴びている。

「地図」

明るい。眩しい。紙さえ透かしてしまう強く美しい白の光。赤い葉はいつの間にかポロリとはがれどこかに行ってしまった。色素だけ染みついてそこだけ赤くぽつんと色づくちっぽけな故郷の場所を、パパ・パタータリーダーの髭男カーティスは撫でる。

愛しくそこを見ながらまた周りを見る。皆、酔ったような顔でにんまりと笑っている。

「なあお前ら、これ全部掘り終わったらいったんモスに帰ろうぜ」

「なんでだよ」

「嫌だよ」

「もう俺らは大人で国の英雄だ。なんにも怖くない。今の俺たちを見せに行こうぜ。みんなを喜ばしてやろうぜ。モスからすごい英雄が出たって」

「……」

「……」

「……」

「家族がどうしてるか、知りたいだろう。なあ」

「……まあ、な」

「……うん」

「……でもさ」

男たちは全員薄目で言う。眩しいからだ。

「これ全部掘り終わるのって、いつになるんだ？」

白い光が満ちている。

今日彼らは金属の女王様に拝謁《はいえつ》し、その美しき爪先に、全力で、体全体でキスをしているところだ。

伝説の鉱石ミスラル。今まで誰ひとり掘り当てることのできなかったその大鉱脈のなか、採掘化集団パパ・パタータは白きミスラルの遥か高き天井を寝転んで見上げている。

「なんか目が悪くなりそうだ」

「まあ本格的に掘り出す前に一回戻って報告すりゃ、装備も整うだろ」

「最初にツルハシ作ってくれないかな」

「ミスラルで？」

「なんだそれめちゃくちゃかっこいい」

わはははと男たちは笑う。

「報告して整えて、掘って掘って掘って一回帰って、そしたら今度はオリハルコンだ」

カーティスはぼろぼろになった地図をなぞる。見果てぬ夢の先にいて、また見果てぬ夢の先を見る。

光に男たちが浮かんでいる。

「……出ってこいミスラルオッリハッルコーン」

小さな声でカーティスが歌う。

「「「出ってこいミスラルオッリハッルコーン」」」

「おっれたっちゃゆっかいな石堀屋ー」

「「「おっれたっちゃゆっかいな石堀屋ー」」」

「……パパ」

「「「パタータ」」」

「パパパ」

「「「タータ」」」

「……」

「……」

「……」

「……帰ろうな」

「うん」

元悪ガキどもは美しい光に浮かぶ、昔から知ってる互いの泣き顔を見て笑った。

ひとつ叶った。でもまだだ。まだまだそれぞれ夢がざくざくある。

いつまででも歩み続けようつるはしを掲げて。土の中を、恥じることなく土にまみれながら掘り続けよう。この無二の悪友たちとともに、楽しく明るく歌いながら。


明るい白の澄んだ光が、泥だらけの男たちを祝福するかのごとく照らしている。

九皿目　デザイナーバイオレット

ふんと春子は鼻息を吐く。

その勢いの良さにお狐さんの前掛けが少し揺れたような気が、しないでもない。

パアン。

パアン。

目を開ければ。

様々な色の生地が積まれ、白い紙が何枚も床に捨てられた、薄暗い部屋だった。

ちいっと春子は今日も高らかに舌を打つ。

「誰？」

「おでん屋だよ！」

女の声に、春子は叫んだ。


「あ〜……おいし……」

まだ一合目を飲み切る手前の女が、板に腕をつき上半身を預けている。

赤くなり出した顔にまだ深くはないしわが浮かぶ。四十代の後半か五十代の前半というところだろう。

首元が大きくあいた丈の長い黒のワンピースをまとい、ガリガリに痩せて浮いた鎖骨をさらしている。

「なんでかしら普段こんなに酔いはしないのに……まあいつもはお高いお店で、着飾ったギラギラした人間に囲まれてるもの。酔えるはずがないわよね」

うふふ、と若い娘のように女は笑った。

「ねえ、そのぷかぷか浮いてる白いのは何？」

「ハンペンだよ。魚のすり身」

「魚？　やだわ私魚嫌いなのよ」

「そうかい」

てめえがさっき食ったさつま揚げも魚だけどな、とは春子は言わなかった。

「たまごと、その細長いのを結んだのを頂戴。形が面白いわ。あとお酒。今度は熱いので」

「はいよ。すごく熱いのとちょっとぬるいの、どっちがいい」

「うんと熱くして」

「はいよ」

とっとっとっとっと……。

酒が銚子に注がれる様を、女はじっと見ている。

「きれいな形のビンね。グラスも。形の揃い方が奇跡のよう。やっぱり特別なのね……」

「普通だよ」

「あなたには、そうでしょうね」

ふふ、とまた女は笑い、ふうと息を吐いた。

「だったら料理もきれいなものにしてくれたらいいのに……どれも茶色ばかりで、昔を思い出してしまうじゃないの」

「そうかい」

春子は酔っ払いの言葉はまともに受け取らないことにしている。

そんなもの灰汁《あく》のようなものだ。

出したくて出してる訳じゃない。出ちまうものは仕方ない。

ひょいとすくって投げとけばいいだけの話だ。

「ああ、食感が面白い。ぷつぷつ、となって。おいしいスープが染み出して」

女は糸こんにゃくを食べている。

「このたまご、なんの臭みもないのね。……ああ、やっぱり、これはスープといただくのね
……おいしい」

女はくいと残っていた冷酒をあけた。

「おまちどうさん」

とんと銚子を置くと、女はさっそくそれを猪口に注いだ。

「もう一度ダイコンをくださるかしら。じゅわっとして、とってもおいしかった。あとそれは

何？　どうしてそれだけスープに入っていないの？」

「もち巾着。食うならあっためるよ」

「仲間外れで可哀想。魚じゃないならいただくわ」

「はいよ」

ひょいと大根だけすくって皿に入れ、もち巾着を汁に落とす。

「さっきから失礼を言ってごめんなさいね私魚嫌いなの。……だって実家では毎日魚だったのだもの。魚ばかりしか捕れないから」

「へえ」

「毎日魚魚魚。塩臭くて、薄汚くて、茶色ばっかの辺鄙で陰気な田舎」

ぎゅっと女の手が猪口を握りしめる。

「イベントはたまにある結婚式と葬式だけ。年寄りが集まれば病気の話、誰かの悪口、何十年も昔の同じ話。誰が何をしたかずっと目を光らせて、何かあればひそひそひそひそ。本当に気持ち悪い。声がでかいから全部聞こえてるのよ」

「へえ」

相槌くらいは春子だって打つ。

「少しでも今どきの格好をすれば『あそこの娘は不良になった』とヒソヒソヒソヒソ。いつも煮しめたような色の服、流行りなんか考えたこともない同じ髪型で、あんなところに生きて死んでいったい何が楽しいのかしら。世界はこんなにも広いというのに」

「へえ」

思い出したように女は大根を割りひと口、口に運ぶ。

そして熱燗を飲み込む。

「ああ、沁みるわね……でもね、懐かしいのよ。ときどき無性に帰りたくなるの。ふるさとって不思議ね」

女の目じりから涙がこぼれた。

黙って食べ進めている。

また酒を飲む。

つゆを飲み。

泣き。

ふーっと息を吐いた。

「……からんでいるわ私。女の酔っぱらいなんてみっともないでしょう？」

「酔っ払いなんざみんなみっともねえよ」

「……そうね」

ふふふと女は笑う。

あたたまったもち巾着を皿にのせる。

女は興味深そうに目の高さまで皿を掲げ、それを見つめた。

「面白い形ね。口を結んでいるのはなあに？」

「かんぴょう。野菜を干したやつだよ」

「へえ……なら食べられるのね。面白い」

女がもち巾着を口に運ぶ。

しっかりと味わうようによく噛んでいる。

「……じゅわっと染みて、中身がとろとろねっちりして。おいしい」

「そうかい」

「どうしてかしら。初めて食べるはずなのに、みんな懐かしい」

半分になったもち巾着をまたじっと見つめる。

「可愛い。あたたかいおいしい服を着ているのね、あなたは」

残った大根をまたひと口。

もち巾着を容赦なくがぶり。

そしてまた猪口を傾ける。

そしてまたほろり泣く。

「……私、デザイナーなの。ドレスの。ここ何年かの流行りは、半分以上が私の手が作り出したわ」

「ふうん」

「人に負けたくない若い子、暇を持て余しているご婦人、最先端ぶりたい金持ち。みんな飛びついた。人は新しいものが大好き、古いものは格好悪いの」

「へえ」

「ここ何年も、女デザイナーにもかかわらず、私はそうやって新しいものを生み出してきた。皆が私をファッションの女王と崇めたわ。流行りを生み出すドレスの女王様、クイーン・バイオレット。皆が群がり、女王様女王様と崇め奉る。専属の針子を五十人持ったこともあるのよ」

「へえ」

「……人は新しいものが大好き、古いものは格好悪い」

「……」

女の目から涙がほとほとと落ちる。

針のような指の持つ猪口の酒が震えている。

「……クイーン・バイオレットのデザインは、もう古いのですって。二十代の若い男のデザイナーが、顧客をみんなさらっていったわ。針子も手放し、事務所も閉じて、今は私だけ。あんなにちやほやしていた人たちも、もう見向きもしない。私も何年か前はこうやって、古い人を押し出したのだと、やっと気づいた。こんな歳で、まったく想像力がないこと」

「そうかい」

「『新しい』っていったいなんなのかしら。毎日毎日『新しいものを描かなくては』とそればかり考えていたらもう訳がわからなくなって。どんなデザインも古臭いような、陳腐なような気がして、描けなくなってしまったの。どうやら私は本当に、終わってしまったみたい」

泣きながら震える猪口を口に運び、味を噛みしめ、女はまた音もなく泣く。

「……ずっと下積みで、それから売れに売れて。それからずっと仕事ばかりで夫も、子どももいない。私はひとりぼっち。仕事もないならお金のかかる中央にとどまる必要などないのだけど、今更懐かしがって田舎に帰ったところで笑われるだけよね。大口叩いて町を飛び出した不良娘のくせにと、きっといい噂の種だわ。……でも、人のつながりの濃い場所だから、もしかしたら昔の同級生とか、親しくしてくれるかも、しれないし、こんな冷たい場所にひとりでいるより、そちらのほうがきっといいはずだわ。ここではもう私のデザインは、私は、誰からも必要とされていないのだから」

女は泣いた。

春子は特に何も言わなかった。

しばらく泣いてから、はっと女が顔を上げる。

「……もったいない、冷めてしまう」

そう言って皿を持ち上げ残りのもち巾着を口に入れ噛みながら、皿の上に残った大根の表面をじっと見た。

「……どうしてダイコンの上と下が丸いの？　ひとつひとつここを切っていたら面倒でしょう？」

「面取りしないと他の種にぶつかって煮崩れちまうからね」

「……モチキンチャクはひとつひとつ、口を結んでるの？」

「当たり前だろ。もちが零れたら汁が濁って台無しだ」

「ただ放り込んで煮てるだけじゃないのね……」

ことことと煮える鍋を、女は見ている。

「ほかにもあるの？　煮る前に」

「……練り物と油揚げは湯をかけて油を抜いてから、大根は面取りして米の磨ぎ汁で下茹でしてから。牛筋は煮こぼして油を捨てて串で打つ。こんにゃくは包丁入れて下茹でして。狭い鍋で一緒に煮られなきゃならねぇやつらだ。それぞれの種が周りの邪魔をしないように、油抜いたり味抜いたり、当たり前にやってるさ」

「……」

「茶色い茶色いって馬鹿にされてるやつらだってそうだろう。それぞれ何か我慢して、狭い場所で生きてるだろうよ。そうしなきゃできねぇことをやってんだから。お偉い女王様から見たら馬鹿みたいだろうけど、そこでそうして食いもんをとってる奴らがいるから、あんたらは服だか流行りだかのことだけやれるんじゃねぇのかい」

「……私が悪いの？」

「いいや悪かないねぇ違うだけさ。焼いた肉みたいに手前ひとりで褒められたいか、ことこと並んで煮込まれたいか。あんたは肉だろう。脂ぎったまま汁に飛び込まれちゃ茶色い奴にはいい迷惑だ。里に帰りたいならそのギラギラした脂、みんな落としてからにしなよ。まあやったところで馴染まねえだろうがね。田舎なんて、離れてるから懐かしいのさ」

女はもう若くはないしわに囲まれた目を、ぱちくりと見開いている。

やがてはっと我に返ったように、残りの大根を口に入れ、残った酒で流し込んだ。

「お代を」

「他でもらうから、いらねえよ」

「そう。ごちそうさまでした。素朴でとてもおいしかった。おかげさまでやはり私が食べるべきは煌びやかで華やかな、脂ぎったギラギラした料理であるべきことを思い出したわ」

当初の憔悴を投げ捨て、女はにいっと不敵に笑って立ち上がる。

「いったい何を弱気になっていたのかしら。故郷が私にはサイズと趣味の合わない服を無理やり着ているような場所だったことを思い出させてくれてありがとう。そもそも私があそこを出たときの野望は、すぐに消えてしまうようなチマチマした流行を生み出すことじゃなかった。金持ちに似合わない服を着させることじゃなかった」

「へえ」

女はツンと顎を上げ、それこそ女王のように反り返った。

爛々と女の目が輝く。

「女王陛下のドレスをデザインする初めての女に私はなるのだった。だって私には国一番、女の美しさを引き出す服を生む才能があるのだもの。誰かと一緒に？　自分を殺して並んでこと？　冗談じゃない。一番すごいのは私。私は私を褒められたいのよ。今日から方向性を王道に切り替えましょう。クラシックな王道だって少しの工夫でさらに洗練されたものにすることができる。ほんの少しの工夫が、正しい道をより際立たせる。バイオレットは王道を、赤絨毯の上を進むことにするわ」

「そうかい」

「こうしちゃいられない。頭にイメージがあるうちに、早速取り掛からなくては」

バイオレットが背を向けると屋台の姿はかき消えた。

が、顔を赤らめるバイオレットの頭の中はデザイン画でいっぱいで、そんなこと少しも構っていられない。

次から次に湧いてくるデザインを、羽ペンで紙の上に走らせる。

体が熱い。

胸が熱い。

数枚の着替えと素人丸出しのデザインを描いた紙の束を持って町を飛び出した、痺れるように寒かったあの日の朝焼けの色を思い出した。

ただ、ただ夢だけを持ってまっすぐに前だけを見ていた少女の気持ちがまた胸に宿って燃えている。

だがしかしバイオレットはもう少女ではない。

長く女王としてファッション界に君臨した老練なデザイナーは、経験に基づいた様々な知識と技を手に入れた。そして誰に何をどのように売り込めばいいか十分に知っている。

デザインはただただ考えを足すのではない。描いたものから必要のないものを、慎重に削り取るように引くのだ。

どこをどう引けばより全体が際立つか、バイオレットは手に取るよう知っている。

過去流行し消えていった数々のものから人の心を捉えた箇所のエッセンスだけを抽出し、それが前に出すぎない程度に抑えながら慎重に、クラシックな王道に垂らしていく。

「襟を少しだけ……そして袖を……ううんやりすぎ。下品だわ。ほんの少し、そうよ、そう！」

ブツブツブツ。

つぶやきながら止まることなく手を動かす。

暗い部屋に、クイーン・バイオレットの新作ドレスを描いた紙が重なっていく。

十皿目　軍部戦略室ミネルヴァ

涙で腫れあがった目を見開いて、ミネルヴァはナイフを研いでいる。

「許さない……許さない」

ブツブツブツブツと呟きながら、軍部戦略室所属ミネルヴァは暗い部屋でナイフを研いでいる。

「絶対許さない……絶対許さない」


『話があるんだ、ミネルヴァ』

同じ軍に所属する婚約者からそう言われ、きっと結婚式の段取りを考えるのだろうと幸せに浸りながら待ち合わせに向かったミネルヴァは、そこに現れた婚約者のグンナーが華奢な女性の肩を抱いていることに困惑した。

『……妹さん？』

『……いや、恋人だ』

ミネルヴァはさらに困惑した。軍部の中でも『女のくせに』と歯噛みされながらも数々の斬新な戦略を組み立て続けたミネルヴァの優秀な頭脳が、大量の「？」を吐き出した。

『恋人は私では？』

『……ごめん』

『ごめん？』

『……ごめん。君とは結婚できない。ティアナが僕の子どもを妊娠したんだ。子どもに罪はない。結婚の話はなしにしてくれ。僕はティアナと結婚する』

『……言ってる意味がわからない』

クスリと小さな笑い声がした。

グンナーの横にいた女から出た音だった。

思わずそちらをじっと見ると、女は怯えたようにグンナーに抱きついた。

『こわい……』

『やめろミネルヴァ。ティアナは男ばっかの場所で肩ひじ張って張り合って人殺しの話ばかりしているような女とは違うんだ。そんな怖い顔で睨みつけられて、繊細な彼女がどれだけ傷つくと思うんだ』

三年付き合った婚約者から突然こんな話をされた女は、傷つかないとでもいうのか。

『君のきりりとした姿が素敵だった』

そう言って告白してきたのは誰だ。

『君はいつも頑張ってるんだ。僕と一緒のときは、のんびりしておくれ』

そう言ってミネルヴァの短い髪を撫でたのは誰だ。

好きだと。

結婚してくれと。

ミネルヴァに言ったのは、誰だ。

『事情はわかった。とりあえず、そういう話なら仕事のあとにしてほしい。このあと重要な会議があるのはあなたも知ってるはずね。よくもまあこのタイミングで話をしようと思ったものだわ』

『また仕事の話か。君はいつもそればかりだ』

『……時間と待ち合わせ場所は追って伝える。ふたりで来て』

それだけ言ってふたりに背を向け歩んだ。

またクスリと小さな笑い声がした。


殺す、と。

そう決めた。


なのでミネルヴァは家に帰ってから壁に掛けてあった花嫁のドレスをバラバラに切り裂き引き裂いて、ナイフを研いでいる。

軍部でも文官だから、ミネルヴァに戦闘の腕はない。

まあふたりくらいなら勢いで何とかなるだろうと思っている。グンナーも文官だし、ミネルヴァがそんなことを考えているとは夢にも思っていないだろうから。

まず後ろから不意をついてさくりとグンナーの首でも切って。

それから『繊細な』彼女の怯える顔を見るとしよう。

ミネルヴァは孤児。天涯孤独。

人殺しになったところで悲しむ人など誰もいない。

男に負けないよう、ひとりで勉強ばかりしていたミネルヴァが、初めて交際した人だった。

結婚できることが幸せだった。

優しいあの人に似た子どもを産んで、まだ見ぬ家庭というものを大切に作ろうと思っていた。

確かに思っていた。今日の昼まで。

「よし」

ナイフの表面を確認し、鞘に入れ服に隠す。

まだ少し早いが、待ち合わせ場所である人気のない空き地に向かおうと立ち上がり、扉を開けたところで。

ボン。

後ろに何かが煙を上げながら現れた。

「……何？」

「おでん屋だよ」

老婆がしわを渓谷のように深めて言った。

ほか。ほか。ほか。

立ち上る湯気を、ミネルヴァはぼんやりと見ている。

「はいよ」

目の前にさっきミネルヴァがなんとなく指差したものが置かれた。

たまごはわかる。

あとは白と茶色のまだら模様の穴の開いた何かと、真ん中が凹んだ、灰色のだんごのようなもの。

「たまご、ちくわ、つみれ」

「……」

ミネルヴァはフォークを取った。

「酒は？　成人だろうな」

「成人です。……いただきます」

普段は飲まないが、今は飲んでもいいような気がした。

「すごく熱いの、ちょっとぬるいの、冷たいの、どれがいい」

「……ちょっとぬるいの」

「はいよ」

冷たいのは寂しい。

熱すぎると痛い。

何故かそう思って、それを頼んだ。

「少し時間がかかるから、先食ってな」

「はい」

皿を手に取りじっと見た。

あたたかな汁の中に、ぷかぷかころりとそれらは楽しげに転がっている。

仲よさそうに、あたたかそうに寄り添って。

なんだかまた涙がぽろりと落ちた。

茶色と白のまだら模様を口に運んだ。

「！」

驚いた。魚の味がしたからだ。

それなのに少しもざらりともせず、ぷにぷにと、柔らかく舌の上を踊り濃厚な味わいを染み出させる。

外側の皮一枚がぴろんと少し硬いのが面白い。

試しに汁を含んでみれば味わいはより一層ふくらみ広がる。

「はい、おまちどうさん」

とんと不思議な食器に入った酒を置かれ、ミネルヴァはそっとそれを持ち上げのぞき込んだ。

人肌より少し熱い程度の透明な酒が、首のところまでたっぷりと注がれている。

これをこっちにつぐのだなとあたりをつけて、小さな椀に長い食器を傾けた。

ほかほかと柔らかい湯気を出して広がった甘い香りが鼻に飛び込む。

なんて芳醇、なんて薫り高い。

すうっと息を吸いながら椀に唇をつけた。

「……おいしい」

冷たすぎず、熱すぎず。

ちょうどよくあたたかなものが香りながら喉を通っていく。

じ～んと腹の中が熱くなった。

そういえば昼から何も口にしていなかったことを思い出し、ミネルヴァは皿の上の謎の灰色のだんごを割る。

ふわんとこれまた魚の香りが漂った。

「！」

こちらはふんわりともぷにぷにともしていない。

みっしりとした、わずかなざらつきを感じさせる歯ごたえだ。ほんのわずかな生臭さが、不思議な香辛料に打ち消されうまみに変わって口に広がる。

これは絶対合うぞと思い当たって酒を口に含めば。

「つあ〜〜！」

わかってるじゃねえかと老婆が頷いた気がした。

合わないわけがない。合わないわけがなかった。

だんごの魚臭さを香辛料が打ち消し、そこにぬるめの酒が注ぎこむ。

ぎゅぎゅっと圧縮されたようなうまみが口の中をぐるぐる回る。

はあ〜、と息を吐きながら、最後にたまご。

唯一知っているものなので、なんだか安心感がある。

「！」

臭みがない。

そして知っているもののはずなのに、別のものになっている。

先のチクワ、ツミレから出た出汁が濃厚に、白身を割った場所から黄身に染みこみ味わい深く広がる。

多少のパサつきは汁を流し込めば滋養に変わり、固めに茹で上げられた白身の弾力がたまらない。

そこに酒。

「はあぁ……」

なんだか。

なんだかなにもかも、どうでもよくなってきた。

立ち上がるのが面倒になってきた。

腫れ上がった目からまた涙が落ちた。

どうしてだろう。

どうして今、ここに、フーリィが来たのだろう。

孤児で、婚約者に捨てられて、職場では正論ばかり吐いて煙たがられる、みんなの嫌われ者の自分のところに、何故。

「おかみさん」

「はいよ」

「私、今から人を殺しに行こうとしていました」

「ふうん」

「三年付き合った婚約者が、本日他の女を連れてきました。その子が妊娠したからそっちと結婚するそうです。その子は繊細で、男ばっかの場所で肩ひじ張って張り合って人殺しの話ばかりしているような私とは違うんだそうで。あ、私は軍人です。いつもいつも、人殺しの戦略を考えています」

「へえ、よかったなあ」

「……え？」

「結婚する前にわかってよかったな。見てな。そういう男は何度も同じことをするもんだ。ぎりぎりほかの女におっつけられてよかったじゃねえか」

「……しますか」

「するよ。女が一番助けてほしいときに、よりによって女が今一番欲しくて持ってねえものを持ってる女とな」

「なるほど」

ミネルヴァは顎に指を当て考えた。

ぼんやりかすんでいた思考がクリアになる。

グンナーの下半身の緩いことは今回証明された。

相手の気持ち、タイミングを考えてしゃべることのできない頭の悪さも。

女の趣味が悪いことも。

はたしてそんな男と馬鹿女を殺す価値はあるか？　これまでの努力と未来を打ち捨ててまで。

答えはすぐに出た。

ない。

三年間ありがとう。お元気で。

服に隠していたナイフを、ごとんと板の上に置いた。

上司に報告する前で本当に良かった。部署が違うので顔も合わせないだろう。害虫と同じで、どこかにいたとしても自分の目に入らなければそれでいい。

「やめました。私がもったいない。もう目に映すのもやめておきます、私の時間がもったいない。おかみさん、その白い三角のと、何か肉系お願いします」

「はいよ」

「なにかおなかにたまるものはありますか」

「米食いな。甘いいなりとしょっぱい握り飯どっちがいい」

「両方お願いします」

「はいよ。いいね。よく食う女は年上の男にもてるよ」

「よしいっぱい食べます！」

ミネルヴァはもりもり食べた。

汗を流し、口から湯気を吐きながら考えた。

職場で孤立しつつあるのは、自分の言い方に問題があるからだ。

女のくせにと言われないよう、自分は必要以上に『肩ひじを張って』いたかもしれない。

どうしたら女でも上に行けるだろう。誰に聞き、誰を手本にしたらいいだろう。

柔らかく、女を捨てず、女だからこそできることはないのだろうか。

考えることがたくさんある。

自分には選べる未来がたくさんある。

まだ若くてよかった。今まで頑張ってよかった。

今日一度すべてを失ったと思って、もう一度生き直してみよう。

「おかわりお願いします！」

「はいよ！」

わっしわっし、もりもりもりもり。

何か忘れているような気がしたが。

ま、いいかとミネルヴァはそのあたたかくておいしいものをおいしくいただき続けた。

十一皿目　地獄の門番グラハム＝バーン

今日も今日とて、がんもどきをいつもの数置いて、春子はお稲荷さんに向き直る。

「……わかってんだろうな」

今日は睨みつけてから声に出して言ってみた。耳はいいはずだ。

パアン。

パアン！

目を開ければ。

高くそそり立つ黒い岩の前にいた。

「誰かね」

「おでん屋だよ」

ヒューと冷たい風が吹いた。

わずかに屋台を覆う膜のようなものがぴかりと光り、寒くなくなったのが逆に腹立たしい。

なんだか舌を打つのも面倒になっていた。

「軍部物資調達部所属、グラハム＝バーンと申します。私は門を見ていなくてはならないので、ご無理でなければこの辺りでこちら向きになっていただいてもよろしいでしょうか」

「はいよ」

ぐるりと屋台を動かしてやる。

向きなど春子にはどうでもいいことである。

『門』とやらをじっと見たまま、男は椅子に腰かけようとして、全身金属の鎧がごちんと屋台にぶつかった。

「これは失礼」

「ぼろなんだから壊さないでくれよ。食うときくらい脱いだらどうだい」

「門番のため外せません。申し訳ない」

そうっと体をずらし、どうやら落ち着けたようである。

顔の上半分を兜が覆っているので顔はわからないが、さっきパカッと外して見えるようになった顔の下半分と動きとで、相手が爺さんだということがわかる。

「何にする」

「お任せします」

「はいよ。歯は丈夫かい」

「おかげさまで」

「はいよ。酒は」

「好きですが、飲めません。門を見ていなくてはならないので」

「そうかい」
ちょいちょいちょい、と皿に大根、たまご、昆布を置いた。
箸とフォークを渡す。
爺さんはフォークを手に取った。
ぱか、と大根を割って口に運び。
フム、と頷く。
今度は昆布。
フム。
たまご。
フム。
最後に汁。
フム。
「おかわりをお願いしたい」
「はいよ」
がんもどき。
フム。
はんぺん。
フム。

ちくわぶ。

フム。

そして汁。

……フム。

「おかわりをお願いしたい」

「はいよ」

つみれ、こんにゃく、ごぼう天。

どうせ全部フムフム食うのだろうと見ていたら、本当に全部フムフムと爺さんは食った。

その間もずっと、『門』を見ている。

「あたたかく、実にうまいです」

「そうかい」

「あたたかいものは久々です。四十数年ぶりになりましょうか」

「へえ」

「門番でございますので。もう、ずっと、長いこと」。

じいっと男は門を見ている。

「この『地獄の門』の」

ふたりの目の前には人の背の三倍以上はあろうかというほど高い、真っ黒の門があった。

人間の顔をそこにくっつけて上から黒で塗ったのではないかと思われるほどに生々しい顔が、その門扉の表面一面に刻まれている。

誰もが悲しげで、苦しげで。

その開いた口から今にも悲鳴が聞こえるような気がするほどのリアルな彫刻だ。

春子は眉間のしわを深くした。

「……趣味が悪いねえ」

「作者不明なのですよ。誰が作ったのか、いつからここにあるのか、これほどのものなのにだあれも知らんのです。ただ王家に、『光あるとき、地獄の門から決して目を離してはならぬ』と口伝《くでん》で、建国のときから伝えられているそうです」

「へえ」

爺さんはじっと門を見ている。

「左右に蝶番《ちょうつがい》、真ん中に切れ目があるのに、押しても引いても開きやしない。ずっとずっと大昔、もう傷ついてもいいから、と短気で浅慮な当時の王が国一番の力持ちに命じて、当時の技術で最強だった大斧でこれを破ろうとしましたら」

「うん」

「当たった瞬間に斧が粉々にはじけ飛び、門には傷ひとつつかなかったとか」

「へえ」

「人の愚かさが伝わる、何もかもがこわい話だ。きっとこれは、この世のものではないのでしょう」

「ふうん。飯いるかい」

「いただきます」

とんと握り飯ののった皿を爺さんの前に置く。

門を見たまま爺さんがかぶりつく。

「西の国、北の国と我が国が国境を隣り合わせるはずの丁度ど真ん中に、恐ろしく高く、黒く、誰も頂上を見たことのないどこの国の領地でもない臭気に満ちた黒山がございます。そのふもとにこれはある。言い伝えによればどうも、表面に彫られた人の顔が少しずつ変わるのだそうです。苦しみ悲しんでいる表情は同じ。ただ、そこにいる人間が入れ変わるらしいのですよ。苦しんでいる人物それ自体が。大男の大斧でも傷つかなかったものが」

「へえ。まだ食うかい」

「いただきます。お任せします」

「はいよ」

ひょいひょい。

焼き豆腐、ちくわ、糸こんにゃくを置く。

「いまだかつてこの門が開いたことはない。開いたときに何が起こるのかわからない。恐ろしい魔物か、災厄か、まさしく地獄の始まりか。私が専属になるまではずっと若手軍人の、一週間ごとの持ち回り制だったのですがね、これが嫌で逃げたり、頭がおかしくなってしまう人間が出まして。私の役になりました。それから四十数年。ずっとずっとここの門番です」

「飯はどうするんだい」

「王家の命で、軍部が届けてくれますよ。担当者はよっぽどこれが怖いらしく、なるべく地面を見るようにして。世間話もしやしないで」

「へえ。あんた何か悪いことでもやっちまったか」

「ええ、私の弟が」

男は門をじっと見ている。

「……弟は、昔から怒り方の変な奴でした。友達に蹴ったりぶたれたりしても泣きも怒りもせず、しーんとした顔をしているから何だ大して気にもしてないんだなと思ったら一週間後に、普通の顔で、いきなり岩で彼らの頭を後ろからかち割ろうとしたそうです。やられているときは声を上げたり、反抗したりもせず、あとからいきなり当たり前のように命を取ろうとした。恐ろしい」

「ふうん」

「周りは恐れて手を出さなくなりました。怒りさえしなければ静かで、顔立ちの整った文武に優れた男でしたので、愚直なだけの兄とは違い、とん、とん、とんといい学校から軍部に上がって出世していきました。上司の娘さんとの結婚話が持ち上がって、きれいな娘さんだったので弟も嬉しそうでした。それで弟は結婚式の三日前の晩、彼女とその幼馴染の間男、彼女の父母、その屋敷の侍女五人の計九人を斬って捨て、処刑されました」

「……」

「婚約者の不義がもととはいえ、何の咎もないその父母、侍女たちまで殺して。遺体を検めた者に言わせれば弟の剣筋には、恐ろしいほど一切のぶれも迷いもなかったそうですよ。ただ淡々と、淡々と斬ったのです弟は。月の美しい夜だったそうです。彼女の屋敷はどの部屋も血みどろだったそうですよ」

「……へえ」

爺さんがちくわを口に運ぶ。

「本当なら本人だけの処刑で済む話ではございませんでした。両親と、弟の下にふたり妹がおりましたが、見せしめとして家族全員、火あぶりにされても不思議でなかった。あまりにも殺しすぎ、凍った血の持ち主にしかできない非情なやり方だった。そのような魔物を生んでしまった家族一同、この魔物一家めと断罪されてもおかしくなかった。事件を知った私はそのまま不敬にも、王に直接掛け合いました。グラハム＝バーンめが命を賭して『地獄の門』門番を五十年やらせていただく。弟の命と、わたくしの五十年でどうか、どうか家族だけは生かしていただけないかと。『地獄の門』門番について、上が頭を痛めていることは存じておりましたから」

爺さんが焼き豆腐を噛んでいる。

「……妹たちは便宜上親戚の養子に入り姓を変え、それぞれの夫に嫁いだそうで文が来ました。

だんだんに、だんだんにそれらは来なくなり。もう最近は、一通も。あの子たちも思い出したくはないのでしょう。私もそれでいい。本当なら私がもっと、ああなる前に弟を叱ってやったり、導いてやったりしなきゃいけなかった。弟の優秀さに腰が引けて、兄として何も、何もしてやれなかった。側にいたのに私は何もできなかった。殺された人々には口が裂けても申せることではありませんが、あれでも小さいころは可愛い弟だった。にいちゃん、にいちゃんとちょこちょことついてきて」

「……苦労性だねえ」

「よく言われましたよ」

ふっふと男は笑った。

糸こんにゃくを口に運ぶ。

腰に下げた袋から、ごろんと丸い爆弾のようなものを出す。

「……何かがあれば花火を打ち上げ、応援を待つことになっております。黄は『異常発生、応援求む』。赤は『異常発生、近づくな』。黒は『すぐ逃げろ』」

「とんでもねえなあ」

「本当に。とんでもない。ここが開いたなら、いったい何が出るのでしょうね」

じっと、ずっと、爺さんは門を見ている。

「女王陛下の治世に変わってから何度も、五十年縛りのこの任を解きこれまでの方式に戻すという打診が入っております。この責務をひとりで負うのは、あまりにも過酷だからと。もう十分に責任は果たしたからと。あのような罪人の兄などに心を砕いていただけるとは。陛下は戴冠されたその年に、こちらに足をお運びになられました。ご聡明なお方です。ひと目でこれが、人の手ではどうしようもないものであるとお察しになった。かけられたあたたかな労いの御言葉は、一生忘れることはないでしょう」

皿に残ったつゆを飲み干す。

「だがしかし今やこれを目に映したことのある軍人のほうが数が少ないのだ。『何が地獄だ。ただの彫刻だろう』などと言われ、おかしなことに拘《こだわ》る愚か者と陛下が馬鹿にされておられるのではと思うと胸が痛みます。まったく、敏く、お優しく、その分苦労の多いお方であらせられる。陛下にはもう二度とこちらにお運びいただかないよう私からお願い申し上げました。これは尊いお方が目にしてよいものではない」

「ふうん。おかわりいるかい」

「いただきます」

さつま揚げ、牛筋、じゃがいもを入れてやる。

「……あまりにも過酷？　いいやそんなこと、感じたこともない。これは見守ってやらなければならないものだ」

「夜はどうするんだい」

「夜は平気だ、と五代前の王のときにわかったそうです。『光あるとき』だからそうなのでしょう。でも念のため座ったまま、扉にぴったりと背中をつけて眠ります。なんとなくですが夜はこいつらも寝ておるようなのですよ」

「肝が太いねえ」

「……もう慣れましたわ。毎日見ておるのですから。むしろ家族よりも長く長く、互いの顔を見ながら」

「へえ」

「これらは生きておりますからね。目をそらしたり、昼間に居眠りした途端に一斉に気がついて、目が動き、扉が開くと思います恐らく。そういう扉なんだこれは」

「……」

「おかしな変わったものから目を逸らさない、気持ち悪がりも嫌いもせずに平然と、何事もないようにそれを見られる人間に見てほしがっておるのです。私は弟にそれをできなかった。だからこれにはやってやろうと決めている。私の人生をかけて。もうそんなことやっちゃいけないぞと、しっかり見続けてこれに教えてやるのだ。我が残りの人生をかけて」

さつま揚げ、牛筋をフムフムと食い、じゃがいもを割る。

フムと頷く。

「きっとこの中には弟や、それに似た者たちがいるのです。異形の心に生まれつき、愛されず、罪を犯して死んだなにかたちが。死しても天にすら受け入れられなかったなにかたちが。どんなおかしな心を持っていても人として生まれてしまった以上、そこには魂があるのだから。行く場所が、罪を償う場所がいるのだから。それでも寂しくて、誰かに見ていてほしいのでしょう。見てもらえないと寂しくて、こっちに出てきたくなるのでしょう。ああいうものたちはみな、心が子どもでございますからね」

「……そうかい。おかわりは」

「もう結構です。ごちそうさまでした」

男が立ち上がり、門全体が見える位置に立つ。

門の横に立つ普通の門番とはまったく違う、変な光景だ。

「今日はありがとう。久々に話ができました」

「はいよ」

爺さんは槍を手に仁王立ちして門を見つめている。

「……全て老いぼれの妄想。こんなのはなんでもない、ただの扉の形の彫刻かもしれないとお思いですか」

「さあね」

「私は思った。何度も思った。何度試しに目を閉じてみようかと思ったことか。それで何も起こらなかったなら、自分はいったい何だったのかと。でも『何か』が起きてしまったら？　これが開いてしまったら？　怖くて、確かめられないままずっとここに立っていた」

仁王立ちのまま爺さんは泣いた。

「私と弟に、生まれた意味などあったのだろうかとこれまで思っていた。だが今日あなたは来た。だからこれでよかったのだ！　私は産まれてよかった。生きていてよかったのだ、ここに立つため、国を厄災から護るために！　私の命に意味はあった！　ありがとう。感謝する！」

蓋をし、顔を上げれば。

いつものお狐さんの前だった。

「……寒くなったね」

春子はティッシュを取り出して、ちんとかんだ。

そうして屋台を引きずって、やっぱり仕事に向かっていった。

◇　◇　◇　◇　◇

朝。

軍部黒山監視係のクレイマンは、本日も食事の入った籠を持ち、臭気の満ちた黒い道を進む。ここを歩むのはいつも気が重い。いつだって逃げ出したい。だが逃げ出すわけにもいかぬ。歩んだ先に開けた場所がある。ほんの僅か切れ目のように開いた自然の天井の窓から、ほんの僅かな朝日が差し込んでいる。

「朝食を持ってきたぞ。グラハム＝バーン」

言いながらクレイマンは意識して視線を下げ、地面を見る。どうしても見たくないものがその先にあると知っているからだ。

「今日もご苦労クレイマン。面倒だろうがここまで持ってきてくれるだろうか。私は門を見ていないとならないので」

　いつもどおりのはずのその声に、おや、と思った。

　ここのところどうも張りがなく、陰鬱な気配さえ漂わせ始めていた門番の声が、妙にいきいきと若々しくなっているような気がしたからだ。

　思わず顔を上げた。いつもどおりの全身鎧の門番がそこに仁王立ちしている。

「何かあったか？」

　朝日に輝くその姿は、何やら神々しく、神話の一幕のようにすら見えた。

　なのでやはり思わず問うた。これまで食事を置き、逃げるように立ち去るだけだったというのに。

　門番は門を見ている。

「いいや何も問題ない。いつもどおりだ」

「……そうか」

　昨日の夕食が乗っていた籠を引き取り、朝食を置く。

　焼いたパンも、スープもすでに冷めきっている。どんなに温めたところで、ここに来るまでに冷めきってしまうのだ。

　門番は文句を言わない。ただ黙って出されたものを空にし、黙って門を見ている。

　やはり逃げるように背を向けクレイマンはそこを立ち去った。しゃっきりと伸びた高齢な男の背は、己の卑劣さをクレイマンに毎日思い知らせる。

早足で駆け戻り、待機所の扉を開き息をついた。

「戻った」

「ああ、ご苦労さん。スープ温めておいたぞ」

「ああ……」

同僚のゲオルギーの言葉にクレイマンは俯く。

誰よりも過酷な任務をひとりで負う男が口にできぬ温かきものを、その任務を彼に押しつけている自分たちは食べるのだ。

「……軍部から、増員の連絡は、やはりないのだな」

「……その役目を彼に任ずる前王が調印した書状があり、女王の恩赦を本人が辞しているのだ。軍が動くものか。そもそも軍部のほとんどがもはや『あれ』を知らぬのだ。女王の再三の要請は『すでに軍部から人を出し責任は果たしている。ただの彫刻に、何故これ以上の監視の人手を割かねばならぬ』と一蹴されているそうだぞ」

「……そうだろうな」

クレイマンは湯気を上げるスープを飲んだ。熱くてうまい。

「……五十年。君ならできるかゲオルギー」

「今日はどうした冗談を言うな。……五日だって危うい」

「……」

黙って食った。

食べながら、己の頬を涙が伝っているのが知れた。

『代わろう』と言ってやれない。あれが怖すぎて。

己の身が可愛くて。己が負えば瞬時にぺしゃんこに潰れるだろう重い荷物を負いたくなくて。

「考えるなクレイマン。出来もせぬことを」

「ああ……」

グラハム＝バーンのことはここに赴任する前に聞いた。

弟が犯したという、凄惨な事件の内容も。

「……」

「……考えるな」

グラハム＝バーン。弟の咎を負い、過酷な任務をひとりで負い、身を張って家族を逃した悲しき門番。

「……五十年」

「うん」

「あと数年。彼が任務を全うし解き放たれたなら」

「……」

「皆で酒を飲もう。うまいものをたらふく食わせてやろう。今までのことを、己の卑劣さを、あの男に心から詫びよう。……そうだろうゲオルギー」

「ああ」

「彼はいずれ、きっと誰よりも美しくあたたかき天上の国に行ける。彼のための、彼が行くべき最上の国へ。その権利が彼にはある誰よりも。……そうだろうゲオルギー」

「ああ。当然だ」

男たちは苦味とともに静かに温かな朝食を食う。

ずんと黒山が吐き出す煙の振動で、わずかに卓の上の皿が音をたてた。

十二皿目　薬学研究者エミール

アスクレーピオスにはなるな、という戒めがある。

かつてこの世に存在した、偉大なる医薬師の名前だ。

彼の配合する奇跡のような薬はありとあらゆる病を治し、人々を救った。

だがしかし彼はその薬の製法を、誰にも何ひとつ教えなかった。

自らの頭の中にだけあるそれを用い、数々の素晴らしい効能の薬を作り出し、人を助け、そうして何ひとつ誰にも教えないまま、世を去った。

彼の死は、薬草を探しに踏み入った草原で毒蛇に嚙まれたことが原因であった。

倒れたアスクレーピオスのその毒を解毒できるのはこの世でただひとつ、アスクレーピオスの作り出した薬だった。というのがこのお話の落ちである。


医師、薬師を志すもの、アスクレーピオスにはなるな。


人の役に立つものを、自らの地位を高めるためだけのために秘してはならない。

役に立つ知識は広く共有するように、という教えである。

薬学研修者であるエミールは、幸いアスクレーピオスになる心配はなさそうである。

何故なら隠せるような人の役に立つ知識が、一向に発見できないから。

ごーりごーりごーり。

薄暗い研究室で今日も今日とて、ご高齢な諸先輩方のために、腰の痛みをおさめる軟膏と、喉のいがらっぽさをとるための薬を作っている。

「おぉ、いいドス緑色よ。効きそうじゃ。腕を上げたなエェミール」

「はい。おかげさまで」

手元をのぞき込んだしわしわの、ポウル先輩にエミールは返す。

ポウル先輩はお声に常にビブラートがかかっているため、エミールがエェミールになる。

「俺の喉の薬、まだ？」

「この後です。お待ちください」

返事の代わりにうっへんうっへんとでかい音を立てたのは、色黒のジェイコブ先輩。大柄だがこちらもかなりのお歳である。

「……」

日向に座るマキシミリアン大先輩に至ってはもう声も出ていない。白く、細く、動かず。ときどき観葉植物と勘違いして水をやりそうになるくらい、彼は動かない。

エミールを除く平均年齢おそらく七十代。生ける屍、墓地の部と呼ばれる研究部である。

未来のあるうら若きエミール君がなぜこんなところに所属しているか。

答えは簡単。偉い人の子どもに逆らったからである。

薬学学校を経てこの研究所に就職できたところ、希望していた新薬開発部に入れたところまではうまく行っていた。

『どけウスノロウロノス！　いつまで乳鉢を洗ってるんだ！』

『で……でもよく洗わないと素材が混ざって……』

『うるさい黙れ口答えするな！　じゃあ俺の分も全部洗ってもらおうか。そんなに洗うのが好きならな』

『そんな……僕このあともう一種調合が』

『順番を待ってから自分で使ったものは自分で洗うのはどうだろう』

後ろに並んでいたエミールは思わず言ってしまった。

早く洗い場を開けてほしかったのもある。

『……エミール＝シュミット』

『やあリーンハルト＝ベットリヒ。いい天気だね』

『……殺す』

憎悪のこもった目で睨まれた。

エミールはすっかり忘れていた。

彼の父親がこの研究所の副所長であることを。

何がどうしてそうなったのか、ある日出所すると掲示板に、エミールの異動通知が張ってあったのである。

元同級生の現同僚に、『順番を守って自分の皿は自分で洗え』と言ったらこうなった。実に不思議だ。なにがどうしてそうなったのかはわからない。ただ大いなる力が、見えないところで働いたのだろう。

そして早一年だ。当初は驚いたこの部署の雰囲気にも、エミールはすっかり慣れてしまった。あそこが痛い、ここがかゆいとぶつくさ言う先輩方に処方を教わって、作れる薬も増えてきた。

『上級咳止めが黄色くならない？　ハノリスを細かくするとき、ポッポ・ケーロさんの歌に合わせて擦りつぶせばいいんだよ。ポッポ・ケーロさーんポッポ・ケーロさーん、の速さで九回半。多くても、少なくても駄目だ』

『腹下し止めはどの本もセンジとパロン同量でとあるが、実はセンジの葉を気持ち、ほんの少し多めに入れたほうがいい。パロンの先っちょのギザギザを多く入れると更に効くぞい』

『……』

おひと方しゃべらないが、見ればわずかに頷いているので、ご指示に倣う。

このように、長い長いご経験で得た数々の知識をエミールひとりに溺れるほどたくさん惜しみなく注いでくださる。

ここにはひとりのアスクレーピオスもいない。積み上げられた本のような、行き場のなくなってしまったたくさんの知識に満ちている。

「さて、天神のご様子はどうかね」

ジェイコブ先輩が箱を開ける。今日は製薬後一晩寝かせる実験をしている。

「うん、一三二三番、濃い青。一三二四番、紫。一三二五番、濃い青。駄目だ」

指で細いガラス瓶を持ち上げて、皆に見せる。

ポウル先輩が結果を紙に書く。

マキシミリアン大先輩が震えと見まごうほどのわずかさで頷く。

この部署はアスクレーピオス作の妙薬『天神の涙』再生部である。

五十年前に流行った病、『熱雷』の治療薬。

『熱雷』はかつて前触れもなく訪れた。

まったくの健康だった人が突然雷に打たれたかの如く身を震わせ倒れ、あえぐほどの高熱と氷を身に当てられているかごとき悪寒を一日ごと交互に経て、徐々に体力を奪われていく。

体力のない子ども、老人から命を奪っていく、恐ろしい伝染病であった。

国をその災厄が覆い始め人々が恐れおののくなか、そこにアスクレーピオスは現れた。既に著名な医薬師であった彼を生神様にした薬こそ、この熱雷の治療薬にして予防薬、澄み渡る空色をした薬『天神の涙』であった。

当時の王は彼に対し王が平民にとれる最上の敬意を払いその製法を聞き出さんとしたが、彼は頑としてこれを聞き入れなかった。

拷問するわけにもいかない。それでもし彼が死ぬか狂うかすれば誰も薬を作ることはできず、製法は闇の中だ。

素材集め、素材を乾かすような単純作業にだけ人を入れ、最後の調合は密室にて、全て自分で行ったのだという。

彼は一切の調合法を紙に残さなかった。彼亡き今、その処方はもはやこの世のどこにも存在しないのだ。

その妙薬をこの世に復活させてほしい。上からの命により十五年前に設立されたのが、この部署である。

創立以来メンバーはずっと三人のまま。そして一年前ここに、新人エミールが加わった。

当時の製薬の一端を担った人々の証言を書き記した分厚い書類に目を通しながら、何かヒントはないだろうかと探しながら。

材料だけはわかっている青色の花ヨイノハギ、赤いタンラコの葉、紫のナズリの蕾を、それぞれ干したり刻んだりすり潰したり、思いつく限りの場合分けと組み合わせを行った結果の途方もない数の実験と検証を日々行いながら、ちまちまちま、と記録しているのだが、実際その薬を見た人々が口を合わせて言う『澄み渡るような空色』にはこれまで、一度もお目にかかっていない。

まったく実にすごい、とぱらぱら紙をめくりながらエミールは思う。

この先輩方が日々行ってきた実験の記録の分厚さだ。

それは『ダメでした』の数え切れないほどの記録である。

『ダメでした』を分厚く分厚く重ね。

『全然ダメでした』が徐々に徐々に、『ちょっとダメでした』に近づいてきているのがよくわかる。

だがしかしいつそれが『できました！』になるのかなど、誰にも予想できない。

それは明日かもしれないし、百年後かもしれないのだ。


「エミール。昼行ってきていいぞ。雨も降らなさそうだし」

「はいありがとうございます。行ってきます。印章置いてくんでお手数ですが僕の給料受け取っておいてください」

「おう」

エミールは財布だけ持って立ち上がった。ペコ、ペコとポウル先輩、マキシミリアン大先輩に礼をして席を立つ。

今日は給料日。月に一度のこの日の定時は午前で、昼になったらもう帰ってもいい、なんとも浮き立つ日である。

まだ残った仕事があるので、昼を終えてそれを終わらせたら、近くの薬器具店でも覗きに行こうかなとエミールは思った。

食堂に到着。研究所内の施設なので、皆白衣の人ばかりだ。

金を払い、トレイを受け取って適当な席についたところで。

「エミール」

女性の声に呼びかけられた。

「やあジュディ。久しぶり」

「隣、いい？」

「どうぞ」

長い髪を後ろで結んだ、新薬開発部で同期だった女性だ。

「わ、すごい。ＡＡランチにしたの？」

「給料日だから。君は飲み物だけ？」

「これから選びに行こうと思ったら団体が来て混んじゃったから。私もＡＡにしようかな。まあのんびり待つわ」

「へえ。最近どう」

「そうね。中流熱冷ましと中流咳止めがやっとできるようになった」

「……へえ」

ジュディがはっとしたようにエミールを見る。

「ごめんなさい、自慢してるわけじゃないのよ」

「いや、うん、いいんだ」

毎日先輩方に教わって、上級薬を作りまくっているなんて、言えない。

「……あとは……リーンハルトが相変わらず最悪ね。最近ますますピリピリイライラしちゃって。当たられるウロノスのかわいそうなことときたら。かばってもかばっても、裏でネチネチ当たるのよ。本当に嫌な奴」

「へえ」

話している途中で食べ始めるのも失礼かと思い、エミールはまだランチに手をつけていない。

ジュディがじっとエミールのＡＡランチを見ている。

「……エミール、本当に大丈夫？」

「何が？」

「……あそこに飛ばされて、お給料が半分にされたと聞いたわ。あなたひとり暮らしでしょう？　生活は大丈夫なの？」

エミールはじっとジュディを見た。

「……なってない」

「……私ったらごめんなさい。男性に恥をかかせるようなこと」

「なってない。ちゃんと前と同じだけ……」

ハッとしてエミールは立ち上がった。

「ジュディ、これまだ手をつけてないから、よかったら食べてくれ」

「エミール!?」

叫ぶジュディを置いて、エミールは食堂を出る。

焦っていても廊下は走らない。事故を避け堅実に進むのがエミールの主義である。

あえてノックなしに研究室の扉を開けた。

ちょうど三人の老人たちが、エミールの給料袋にそれぞれ自分の袋から金を入れているところだった。

　ぎくりと固まったジェイコブ先輩が、愛想笑いを浮かべる。

「……おう、えらい早食いだなエミール」

「どういうことですか」

　エミールは静かな声で問うた。

「……どういうことです」

「エェミール……」

「……」

　ポウル先輩がビブラートの効いた声でエミールを呼び、マキシミリアン大先輩がプルプルと震えたところで。

　ボン。

　煙が上がった。

「……は？」

「おでん屋だよ」

　低い声で老婆が言った。


「「「乾杯！」」」

冷酒のコップが四つ重なった。

口に運び、男たちは一斉に息を飲み、そして吐いた。

「「「「っあ――――！」」」」

頬を染め、全員満面の笑みである。

まさかのマキシミリアン大先輩まで、なんとなくいつもより俊敏な動きで食事は続いている。

そういえばこのメンツで飲みに行ったことがなかったとエミールは思った。

ジェイコブ先輩もポウル先輩も定時になればさっさと上がってしまうし、逆にエミールは結構遅くまで残って証言書を読んだり、まだ挑戦していない番号の処方を予習してみたりと忙しく。

マキシミリアン大先輩に至っては夕方頃から徐々に機能停止して、定時前から震えることすらなくなっているので、仕事上がりによーし飲みに行こうぜと思ったことがなかったのだ。

皆いつもより口数が多く、陽気である。そうか、この人たちは酔うとこんな風に笑うんだなとエミールはなんだか胸があたたかくなった。

「エミール、今まで黙ってて悪かった」

ジェイコブ先輩がエミールに向き直り、頭を下げる。

「実はうちはどうがんばっても今以上予算が増えない。結果を出していないから。存続するだけ、予算を減らされないよう粘るだけで精一杯なんだ。でもどうしても若い奴が欲しくて、もし希望どおりの若い奴が入ったらそういう風にしようなって皆で話し合っていた。うちに来たら誰だって、給料が減っちまうだろうから」

「……なるほど」

チラ、とポウル先輩、マキシミリアン先輩を見れば、お二方ともウンウンと頷いている。

エミールはそっと手元に視線を落とした。

「僕は怒っているわけではありません。ただ、こう、なんて言うんでしょうか」

続きを飲もうと思ったら硝子杯は空だった。

「おかみさんすみません、冷たいのをもう一杯お願いします」

「はいよ」

「あとお任せでお願いします」

「はいよ」

硝子杯にとっとっとっとっと……と酒が注がれる。

何かが三つのせられた皿が置かれる。

「昆布、焼き豆腐、じゃがいも」

エミールはコンブを口に運んだ。

結ばれた真ん中にむっちりとした歯ごたえがあり、たっぷりと汁を含んで自身からも味わい深い香りを染み出させる。

くいと酒を飲んだ。

うまい。

単純に、とても、うまい。

「……なんていうか、そうですね簡単に言えばアレの気分です」

エミールが指差した先を先輩方は見た。

そこにはくつくつ煮える『オデン』の傍らできゅっと結ばれ銀の金属のトレイの上でのぞき込むようにじっと出番を待つ、袋状の何か。

「僕は皆様に交ざったつもりでした。いっしょに、研究できていると……仲間だと思っていたのに」

じゃがいもを割る。

ポロ、と頬を涙を伝ったのがわかった。

「事前に説明すらしていただけませんか。はたからのぞき込んでるよそ者の若造ですか、僕は。おかみさんその袋をください。なんだか可哀想なので」

「はいよ」

「エェミール……」

「エミール……」

「エミール」

ん、とエミールはじゃがいもを噛み、汁と冷たい酒で飲みこみ口の中の粉っぽさを味わい深く流し込んでから気がついた。

今ひとり多かった。

「？」

エミールはジェイコブ先輩、ポウル先輩を見た。

ふたりとも首を振っている。

と、いうことは。

「拗ねるなエミール！　爺どもの照れる気持ちがわからんか！」

雷のような声で可愛いことをおっしゃったのは、ほかでもないマキシミリアン大先輩であった。

普段真っ白な頬を赤く染め、硝子杯片手に彼はまくしたてる。

「他の部署で見かけた、冷静な調合と丁寧な器具の手入れをする真面目そうな孫かひ孫の歳の坊主を、『あの子いいねえ』『うちに欲しいねえ』と言いながら、彼の将来を歪めてしまうかもしれぬという危惧から希望も出せず、恥ずかしくて直接口説きにもいけず、思い悩んで思い悩んでようやく出した希望届が翌日に受理されたときのこやつらの顔、まったく見せてやりたいわ！」

「ちょ！」

「マキシミリアン先輩！」

照れ屋のジェイコブ、小心ポウルが慌てて賢人マキシミリアンに縋りつく。

「爺どももお前らもお前らじゃ！　馬鹿がつくほど健康なくせに毎日毎日あっちが痛いこっちが痛いと下手な演技をしおって！　坊主が拗ねるのも当然よ。技を伝えたいなら素直にそう言えばよかろう！　いつまで生娘《きむすめ》のようにもじもじもじもじしておるのだ生産性のない！」

「……」

「……」

「しゃべれたんですね」

「普段からしゃべっておるわ。君たちの耳が悪いのだ。酒が入ると声が大きくなる性質での」

「へえ」

ポッと頬を染めているジェイコブ、ポウルの横で、エミールだけが冷静である。

「エミール、最後の決め手になったのは、君がナズリの蕾を売りに来た少年と買いつけの話をしているのを見たからだ。たいていのものは適当に重さを量って適当に切りのいい金額をつける。ナズリは安いからな。だが君はひとつひとつ状態によって籠に分けて、それぞれの重さを量り、端数まできっちりと値をつけたうえ、何故そういう価格をつけたのか少年にしっかりと説明した。蕾がきっちりと閉じてまだ固いものが最上、ほころびて花になりかけているものは使えないので、こういうものは摘まずに咲かせて種を取り、次のナズリとなるのを許してやってほしいと。しゃがみこみ、実物を手に取って見せながら。少年がどんなにそれを真剣に見、聞いていたことか。当然じゃ。彼にとってナズリは生きるための大切な糧なのだから」

ごくり、とマキシミリアンは硝子杯を傾け喉を湿らせた。

「うまい。理由を含めきちんと伝えれば、次からきっと少年は君が当番のときに、質の良いものだけを摘んでくるだろう。人に教えられるものは強い。よきものを引き寄せる。アスクレーピオスとは真逆のその心が、決め手になった。どうか我々の、道半ばであとはもう消え果てるしかない知識を君に与えたい。君に受け継ぐことで我々の積み重ねてきたものは、人々のなかに残りさらに先の道へといざなう道しるべとなろう。エミール＝シュミット！　どうか受け取ってくれ。それぞれ棺桶に片足を突っ込んだ爺たちの最後の願いよ」

「もち巾着おまちどうさん」

皿にほかほかになった袋が置かれた。

マキシミリアンが声をかける。

「おかみさん私にも冷たいのをくれ」

「はいよ」

「俺も冷たいのを」

「私も……」

「はいよ」

一旦腰掛け皆それぞれの酒を口に運ぶ。

ジェイコブがたまごを口に入れ汁を飲み、酒を流し込む。

「……すまなかったエミール。仲間外れにしたかったんじゃない。本当に俺たちはもう、金なんていいんだ。あとは死ぬだけだし」

「そんな」

顔を上げたエミールの前でジェイコブは酒をぐびりともうひと口。

「俺は昔頭痛薬でひと山当ててひと財産築いてるし、ポウル先輩は週末最高級のポーション作成師。マキシミリアン先輩は実家が大金持ちで相続済みの大地主だ」

「まったく遠慮する気がなくなりました」

エミールはモチキンチャクを口に運んだ。

じゅわっと溢れた汁、柔らかくとろけた中身が奥深い甘みを持って口いっぱいに広がる。

汁を飲む。

酒を飲む。

うまい。

「はあ……」

思わず笑って幸せそうに頬を染めるエミールを先輩方はのぞき込んだ。

「「「おかみさん同じもの……」」」

「ダメです！　これはなんかダメな気がします！」

ダメダメとエミールは首を振りキャンセルの旨を伝える。

「賢明だね」

フーリィに言われてホッとした。

やはり自分の直感は正しかった。危うく宝のような知識が継がれることなく地上から消えるところだった。

酒を飲み、ふう、とエミールは息を吐く。

そっと自分の頬を撫でた。子どものように泣いてしまった自分が恥ずかしい。涙など流したのはいつぶりだろうか。

「……初めから怒ってなんかいません。年甲斐もなく少し拗ねていただけです」

「……そうか」

「精進いたします。ビシバシお願いします」

「……おう……」

「いずれポーションも教えよう。上級は数々の技がいるが、身に付ければ一生食うには困らんよ」

「ありがとうございます」

「いいや、待て待て、本来の職務を忘れるでないぞ。『天神の涙』、わしは見てから死ぬのだからな」

バッとマキシミリオンが白衣のポケットから証言書の一束を取り出した。

表面に付着した、おそらく誰かの血液と思われる汚れがひどく、文字が判読不明で、冊子に綴じられていないものたちだ。

資料を手渡す役人が『これはいりませんね』と捨てようとするのを奪い取って十五年。これをなんとか読み取ろうと、おどろおどろしいそれらを身につけ、暇があれば老眼の目をしょぼしょぼ近づけたり離したりしているのである。

「つぴゃっくしょーん」

だがこういうときにくしゃみをするのがジェイコブ、驚いて杯を倒すのがポウルなのである。

零れた酒が、証言書に滴り落ちる。

「あ」

「あ」

「あー！」

慌ててマキシミリオンが紙を振る。

キラキラッと何かが瞬いて。

「「「え？」」」

紙が、浄化されたように見る見る表面の汚れを脱いでいく。

なんだかなあ、とエミールは思った。

なんか、なんというか。

なんだかなあと。

「……」

「……持ち帰り読み込む。週明け今後の方針を伝えよう」

「はい」

「解散」

「「「ごちそうさまでした」」」

「はいよ」

「こぼしてすいません」

「よくあることさ」

そうして屋台は消えた。

「僕は全員分乳鉢を洗ってから帰ります。鍵ください。締めて帰るので」

「悪いね」

「ありがとよ」

「すまんの」

箱に全員分の乳鉢を入れ、エミールは中央の洗い場に向かう。

途中。

大きな部屋、新薬開発室の扉が開いている。

「うっ……」

泣き声。

リーンハルトに泣かされたウロノスかな？　とのぞき込めば、なんと驚き。泣いているのはリーンハルトだった。

小さいころから栄養に満ちた食事で育てられたのだろう富の象徴のような高身長をみじめったらしく丸め、机に手をついて歯を食いしばっても堪えられなかったらしい嗚咽と涙をこぼしている。

ここは初級学校ではない、職場である。彼は立派な成人の男である。

完全に見ちゃいけないし見たくもないものである。

よし見なかったことにしようと思ってそっと引き返そうとしたら、がちゃんと音が出た。

凍りついたように固まったリーンハルトが、エミールを見ている。

エミールは観念した。

しかたなく歩み寄る。

彼の手元の置いてある素材を見る。

「……上級咳止め、か」

「うるさい」

「黄色くならなかったのか」

「うるさい！　あっちにいけエミール＝シュミット！」

リーンハルトがギロリとエミールを睨みつける。

プライドが高く、人に弱みを見せられない偉い人の子ども。昔はもっと無邪気で素直だったのに、歳を重ねるごとに彼は乱暴でかたくなになっていった。

正直好きか嫌いかと言われれば、まあ好きには入らない。

が。

アスクレーピオスにはなるな、という戒めがある。

エミールは仕方なく口を開いた。

「ハノリスを細かくするとき、ポッポ・ケーロさんの歌に合わせて擦りつぶせばいいんだよ。ポッポ・ケーロさーんポッポケーロさーんの速さで九回半。多くても、少なくても駄目だ」

「……」

「ついでに言うと君はせっかちで、人の目と失敗を気にしすぎ、機材の手入れがとても雑だ。それじゃあ成分が混じって失敗するに決まってる。それではよい週末を」

「待てエミール＝シュミット」

呼び止められたので振り向いた。

「何」

うっとリーンハルトが言葉に詰まる。

「……ポッポ・ケーロさん、って、なんだ」

「驚いたな。君の家は童話も童謡も禁止か？」

「……子どもの勉強方針は父が決めた。子ども向けのものは一切なかった」

「偉い人の子も大変だなあ」

初めてエミールはリーンハルトにほんの少しだけ同情した。

やかましい怒りんぼでいじめっこの、元同級生の元同僚。

金に近い茶色の長めの髪を昔ながらの薬師のように紐で後ろでまとめ、白衣の下は高そうだがどこかクラシックな形の服。

薬の研究に向いているとも思えない、短気でこらえ性のない性格。

いろいろなものを生まれながらにおっつけられたり乗せられたりしてひん曲がり、彼は本日こうなっているのだろう。

ほっとこうかな、とも思った。

だが。

アスクレーピオスにはなるな、という戒めがある。

『お前に渡せば人に広めてくれる』とエミールを信じたくさんのことを教えてくれた人たちがいる。

「……仕方がないから歌から教えてあげよう。今日はこのあと暇かい」

「……言っておくが今の俺に取り入っても無駄だぞエミール＝シュミット。父上はもう俺を見限った。……既に三歳下の弟の教育で頭がいっぱいだ」

「へえ、見限りが早い。ああ、だから寂しくて泣いていたのか」

「人を子どものように言うな！　己のふがいなさに思わずだ」

「へえ」

「ちゃんと聞け！」

いつものように怒鳴ったリーンハルトを、エミールは冷静にまっすぐ見据えた。

「怒鳴らないでくれ。声を荒らげられると普通人は不愉快になるんだ。どうする？　僕だっていい歳の男に童謡を教えてあげるほど暇じゃないのに、寂しくて泣いてる君が少しだけ可哀想な気がしないでもないから申し出ている。これは元同級生としての最後の慈悲だ。人の助言に耳を貸す気も、反省する気も、自分を変える気もないならどうぞ何も変わらず今後も失敗を重ねてくれ」

エミールの言葉にリーンハルトはまた泣きそうな顔をした。

「ほかに言い方はないのか……」

「今までの自身の行いを胸に手を当てて考えてから言ってもらおう。君はもっと無礼でずっと乱暴だった。なお今回の僕の授業料は『週明け君がウロノスに真摯《しんし》に謝罪すること』だ」

「……」

リーンハルトはじっと自分の失敗作を見た。

「……わかった。……どこでやるんだ」

「おや？　『お願いします』が聞こえない？　不思議なことがあるものだ」

「…………お願いします」

俯いて彼は言った。

見ているほうが恥ずかしくなるべそをかいた子どものような成人男性の顔に、父親に見限られてきっと取り巻きにも去られただろう直後の男に言いすぎたかなと思ったものの。

彼から『ウスノロウロノス』と呼ばれすぎて周りの人たちから『ウスノ……ごめんウロノス』と言い間違えられ泣きべそをかいているウロノスを思い出し、いやいや、と首を振る。

「わかった。君の家が無理なら僕の家だろう。流石に研究所や外で成人の男ふたり声を揃えてポッポ・ケーロさんを歌う勇気はない。行く途中、君の有り余るポケットマネーで、いい肉と固めのパン、上等の葡萄酒を買っていこう。夕飯に僕が最高の味つけで焼いてあげるよ。滋味深いおいしいものをいただいたら、今度は脂ぎった濃いものが食べたくなってしまった」

リーンハルトが眉を上げた。

「料理できるのか」

「うん。あれは製薬に似てるから」

「……なんだかなあ。なんで俺の金なんだ」

「嫌な奴におごらせてやったと思いながら食べると三倍くらいおいしいじゃないか」

エミールは無邪気な顔でにっこりと笑う。

うわっとリーンハルトが身を引く。

「なんて非道な奴なんだ」

「では後ほど。僕は乳鉢を洗ってくる」

「あ、じゃあついでに俺のも」

「自分で使ったものは自分で洗うものだよ」

「……他のも洗ってるじゃないか」

「これは僕の尊敬する先輩方のものだ。君のばっちいのとは扱いからして違う」

「ばっちくない。……わかったよ」

じゃ、あとでと別れた。

乳鉢を丁寧に洗いながら、エミールは鼻歌を歌う。

きっとあの新しい証言書の記述をもとにしたとしても、いきなり『できました』にはならないだろう。

たくさんの『ダメでした』をまた地道に積み重ねて、自分たちはアスクレーピオスにはならず、それでもアスクレーピオスの姿を追いかけるのだ。

エミールは歌う。

その歌はもちろん、ポッポ・ケーロさんだった。

◇　◇　◇　◇　◇

グレンの父は木こりだ。

山の中に家があって、妹がひとりいる。

大きな斧一本で大木をきれいに切り倒す父を尊敬しているし、いつかあんなたくましい男になりたいと思ってはいるが、家の生活は苦しい。

早く父の仕事を手伝いたいと思ってはいるが、十三歳にならないと現場には連れて行かないと父に言われている。

同じような家が山の中にちらほらあって、グレンと同じくらいの歳の子たちは街の学校ではなく長老の家に集まり、文字と計算を習っている。それができないとこの集落の人間はいつまでも苦しいだけだと、昔の誰かが考えたそうだ。でもじゃあなんで今も苦しいのかなとグレンは不思議に思っている。

『干したナズリの蕾は街で売れる』

そう聞いたのは誰からだったか。ナズリは雪が解け始めるころにどの花よりも先に咲く、綺麗な紫色の花だ。花びらが星の形をしていて、とってもかわいい。

背の低い細い木にこれまた星形の蕾がいくつもいくつもつくので、やっぱりかわいい。

花になる前に摘んじゃうなんてかわいそうだなと思うものの、グレンはお金が欲しい。

妹のジェナが、体が弱いからだ。

夜になると変な咳が出て止まらなくなる。母さんに背中を撫でられながらゼイゼイと小さな体をかがめて喘ぐ姿を、グレンは何もできずに見ているしかない。

妹を医者に見せたい。薬があるなら買ってやりたい。でもグレンの家は貧乏だ。

ナズリの蕾を申し訳ないと思いながらいくつか摘んで、干し方を長老に聞いて干して、月に一回木を売りに行く父さんたちにくっついて中央に行き、街の薬屋さんを訪ねて売ってみた。

本当にお金をもらえたので驚いた。

『質のいいナズリだね。もっとまとまった量を持ってこられるなら、薬学研究所に持っていくといい。あそこはいくらでも素材がいるから、うちよりいい値段で買い取ってもらえると思うよ』と薬屋さんのしわしわのお爺さんが教えてくれた。

次の年はその時期を迎えるのが楽しみで仕方がなかった。

雪山をひとりで歩いてはいけないと父から固く言われていたので解けるのを待って外に出た。目につく限りのナズリを摘んで摘んで、天気のいい日に干して、鳥が来ないか見張った。

『薬学研究所』はかなり立派で大きな建物だったので緊張した。

ぼろの服を着たグレンは白衣の人たちにやたらと振り返られたけれど、ここでもちゃんと買い取ってもらえた。地面に書いて計算したら、確かに街の薬屋さんよりも高く買い取られていた。

なんだかちょっとこわそうなお兄さんだったなとグレンは思う。怒ったような、めんどくさそうな顔でグレンのナズリを大きな秤に入れて、重さを量ってちょいちょいと何か計算をし、袋にお金を入れて渡された。

まだ医者代には届かない。来年はもっと頑張るぞとグレンは頬を赤らめた。


次の年、買取の窓口には去年とは違うお兄さんがいた。

ちょっと寝癖のある、でもつやつやの黒い髪で、なんだか少し眠たそうな顔をしていた。

また秤で量るのかなと思ったらそのお兄さんは違った。

グレンの持って行ったナズリを時間をかけて三つの籠にひとつひとつ分けていく。

『時間がかかるから、そこに座って、少し待って』

そう言いながらお兄さんが出してくれたお茶はグレンが今まで飲んだ中で一番に甘くておいしかった。

甘いお茶があるなんて。妹のジェナにも飲ませてあげたいなと思ってこっそり筒に入れようとしているところを見つかった。

ねじれたような葉っぱが入った袋をくれた。

『よく沸かした熱いお湯に入れて、ちゃんと濾すんだ。こっちは蜜。こんなにいいものを持ってきてくれたから、これはサービス。知人からのいただきものだけど僕はあまり甘いお茶は好きじゃないから』

そう言ってとろんとした蜜の入った小さな瓶もくれた。

甘い茶を飲みながら、お兄さんの手が魔法みたいにナズリを分けていくのをグレンはじっと見ていた。

全てを分け終わり、お兄さんはそれぞれの重さを量った。金額を出されてグレンは驚いた。去年の倍近い値段だったからだ。

何かの間違いじゃないかと固まっているグレンの横に、お兄さんはしゃがんだ。

『よく見て。この籠が最上。ちゃんと蕾が固く閉じていて、そのましっかりと欠けることなく乾燥させられてる。これは何の成分も抜けていないからどんな薬にも使える。こういうのは大歓迎だ。ナズリは安いからって適当にやる人が多くて困ってる。干すのがとても丁寧で上手だね。誰かと一緒にやったの？』

フルフルとグレンは首を振った。お日様が当たらない風通しのいいところに朝出して、昼を過ぎたら取り込む。それを一週間繰り返す。長老に言われたとおりにやっただけだ。大人はみんなそれぞれに忙しいから、グレンはひとりでやった。

『そうか。偉いね。もし可能なら、丁寧にやり方を説明して、誰かに手伝ってもらうといいよ。摘むのも、乾かすのも。それでお金を分けっこしたほうが、かえって最終的な取り分は多いと思う。この籠が並。摘むのがほんの少しだけ早かったり、遅かったり、少しどこかが欠けていたりするけれどこれでも立派だ。そして残念ながらこの籠が下。ほころびかけて花になろうとしているのがわかるかな。残念だけどこうなってしまうともう成分が抜け始めていて薬の材料にはできない。こういうのはそのまま摘まずに咲かせてあげて、次のナズリになるのを許してあげてほしい。一本の木全部の蕾を摘んじゃいけないよ。ナズリだって種を残せなくちゃ、新しいナズリがなくなってしまうから。ここまで、わかるかい』

『わかる』

じっとグレンは籠の蕾の形を頭に焼きつけた。

大丈夫。ちゃんとわかる。

ここを出たらすぐに絵に描こうと思う。グレンは絵が好きだ。

『ひとりでやって、ひとりでここに来たの？　小さいのにえらいね』

『……妹が、病気なんだ』

黒い目が優しいのがわかったから、思わずグレンは言ってしまった。

『……』

『夜になると咳が止まらないんだ。いつか息ができなくなるんじゃないかって心配になるくらいなんだ。おんなじお母さんの子なのに、俺はこんなに元気なのに、ジェナだけがそうなんだ。

苦しそうで、でも俺は何もできないから……』

『……また来年も来てくれるならの話だけど、このお金で妹さんをお医者さんに見せて、病名がはっきりしたら文で教えてほしい。希望があれば原価で薬を譲ってあげよう。ちゃんと処方できるように、僕も腕を上げておくから。ちなみにこれは僕個人の、実に個人的な理由による申し出だから、研究所の職員や街の薬師すべてにそれを求めることは絶対にしないでくれ』

『……』

案じ、諭し、いたわってくれる年上の人の真剣な声が嬉しくてグレンは思わず泣いた。

家では泣けないから。久しぶりの涙はしばらく止まらなかった。

お兄さんからお金と、暦を渡された。

『今のところこの赤丸が僕のここの担当日。君にも都合はあるだろうから、とりあえず参考まで』

『……』

絶対この赤丸に来られるように父さんたちにお願いしようとグレンは思った。

来年はあの『最上』の籠を山盛りにして、このお兄さんに褒めてもらいたい。

誰か蕾を摘むのを、干すのを手伝ってくれる人はいるだろうかと考え、いくらでもいることに気づく。

いっしょに勉強している、グレンと同じくいつもおなかが減ってる悪友たちの顔がぽんぽんと浮かぶ。

チーム名はどうしよう。『ナズリ隊』なんてつけたらかっこ悪いってブーブー言われる気がするから帰り道で考えようと思う。

『また来年来ます』

『待ってる。君のナズリは上質だ。きっといい薬にする。素晴らしいものをありがとう』

『はい』

頬を赤らめてグレンは歩き出す。

もりもりの最上の蕾を頭に思い浮かべ、張り切って。

◇　◇　◇　◇　◇

ある町の武器店で、ひとりの男が剣を手に悩みに悩んでいる。

「この剣いいなあ……」

「買うのかルノー？」

「……高いんだ」

ルノーが苦しげに眉を寄せる。

「お、お兄さんお目が高い！　そちら鍛冶師ゴットホルトの新作だ」

「へえ……」

ルノーはまじまじと手元の剣を見つめた。

「……」

「ずいぶん作風が変わっただろう？　俺たち武器商人も驚いてる」

　禿頭にねじり鉢巻の店主が言う。

「最初は『悪くなった』『前のほうがよかった』って言うやつも多かったんだが、今はもうみんな、次は何が出てくるかって楽しみにしてるとこだ。一度得た名声をぶん投げて次に行くなんてなかなかできることじゃねえよ。ゴットホルトに影響されて、ほかの有名どころの鍛冶師たちもそれぞれ新作に取り掛かってる。ずっとおんなじところで止まってたもんが急に流れ始めてる。こういう潮目みたいなところに立ち会えるのは、商人としてはたまんねえ気分だ」

「……」

「……ここだけの話、ゴットホルトが近くどっかのお偉いさんの専属になるんじゃねぇかって噂がある。そうなりゃもう市場には出なくなるぞ。一般に出回るのは今だけだ」

　ルノーはくっと決意した表情で、財布を取り出した。

「ください。こっちの剣は買取お願いします」

「毎度あり！　いい男気だ！　そういうやつは強くなるぜ」

　にかっと武器商人が笑う。

「いいの？」

「うん。また稼げばいい。なんだか、どうしても欲しくなってしまった」

「そういうことってあるよな」

　じっとジーザスがルノーの新しい剣を見ている。

「どうしたジーザス」

「いや、なんだろう。とても力のある剣だなと思って」

「そうだろう？　……なんだかすごく惹かれるんだ」

「わかるよ。なんだろうね」

「なあ」

　腰のベルトに鞘を通し、ルノーは微笑む。

「よっし行くぞ！　まずはアイテムから揃えよう」

「高級ポーション欲しいなあ」

「もう少し値が下がればなあ」

「作れる人が少ないんだよ。もっと増えれば俺たちみたいのにも手が出るんだけどな」

「頑張れ作る人！」

　わいわいと楽しげに冒険者たちは今日も進む。

十三皿目　軍部訓練所の若き軍人たち

今日の春子は無心である。

心を無にして、聖人のごとき清らかな心で神と向き合う。

パン。

パン。

「うわあああ！」

「何？　誰!?」

「……おでん屋だよ」

人生の垢と欲にまみれた婆さんに、無心なんて、はなから無理な話だったのだ。


「ああ、おいしいなあ」

ぷっくりとした色白のハンペンに似た若い男が、じっくりハンペンを味わいながら頬をポッと染めて幸せそうに息を吐く。

「おかみさん、肉くれ肉！　ニギリメシもふたつおかわり！」

「はいよ」

脳みそまで筋肉だとひと目でわかる日に焼けた大きな若い男がコップを振りながら言う。

皿にまた、牛筋とソーセージを放り込む。別皿に握り飯。たくわんを置く。

「僕はツミレと、ダイコンをおかわりお願いします」

「はいよ」

眼鏡の男が言う。あだ名は『博士』だろうなという頭のよさそうな、神経質そうな顔立ちだ。

つみれと大根を入れてやる。

「おいしいです。お任せでおかわりをお願いします」

「はいよ」

一番普通で顔のいい色男がさっぱりと礼儀正しく言う。

がんもどき、昆布、焼き豆腐。

皆それぞれ口に運び。

それぞれの酒を運び。

「つあ――――！」

わかってるじゃねえかと春子は心の中で頷いた。

ハンペン以外揃いも揃って背が高くガタイがよく、何か規則でもあるのか皆坊主より少し長い程度の髪型だ。

着ている服も皆同じ。寝心地のあまりよくなさそうな深緑の、たぶん寝巻だろう。

「あぁ……訓練所のまずい飯で死ぬかと思ってたら……俺は今最高に幸せだ！」

筋肉男が息を吐く。

「うん、おいしい。僕この部屋でよかったぁ」

ハンペンがにこにこする。

眼鏡が眼鏡を上げながらハンペンを睨む。

「『レオナールがこわいよう。別の部屋がいいよう』と初日クリストフに子どものように泣きついていた男は誰だったかな、マルティン＝オロフ」

ぎくりとハンペンが固まる。

「ほら、だからもっと小さい声で泣けって言ったろう、マルティン」

「クリストフ！」

色男がからかうように笑って言うと、ハンペンが声を上げた。

「おかみさん肉ください」

「はいよ」

筋肉男にまた牛筋牛筋ソーセージ。

「肉をこいつが食い尽くしそうだけど、あんたら大丈夫かい」

春子は男どもに声をかけた。肉は少ないのである。

「ずるいよガッド。僕も欲しいですおかみさん」

「僕はツミレとダイコンとコンブでいいです」

「色々食べてみたいので、あるものをいただきます。ガッド、串に刺さってるの、手をつける前に少しだけくれ。あとは食べていいから」

「おうクリストフ。少しな。ほら」

ギャアギャアワイワイ。

若い男でも四人揃えば、十分にかしましい。

「先のカサハラ・ザビアの件、東の砦ではどういう評価になってる？」

色男が聞く。目を合わせた筋肉と眼鏡が揃ってため息をつく。

つみれをつゆで飲み込んだ眼鏡が言う。

「上が怒髪天だ。すぐそこでやってる大好きな大好きな戦争に加われなかったんだからね。我々のような若手にはわからないけれど、本物の戦場を知る世代はもう胸がうずいて切なくてしょうがないらしい。女王陛下へのとんでもない罵倒がでかい声で響いていたよ。不敬という言葉は今の軍部には存在しないのだろうか。ああなるともう動物だね」

「俺もどっちかっていうと早く実戦に出たいと思ってたけど、あれは比じゃねえや。みんな目の色が変わるんだぜ。ちょっと引いた」

「やっぱりそうなるか。四十代以上と以下では、同じ軍人でも種類が違うんだろうな」

色男ががんもどきを噛みしめ、『あふ』と言ってから冷酒を運び、目をきゅっと閉じる。

「うまい。……うん、まあ中央も同じだよ」

眼鏡が眼鏡を上げる。

「軍部の王家への憤りは、爆発寸前だろうね。先日のフィリッチ公を推すはずの会合で、パウロ＝ラングディング武官も女王補佐官に感化されて帰ってきたというし。このところ軍部の面目はつぶれ通しだ。戦争なくして二十年。このまま、我が国の軍は縮小し続けるのだろうか」

「やべぇなあ。俺ほかのことできねえよ」

「ギュウスジおいしい」

色男がとんとコップを置く。

「静かすぎる、とは思わないか」

「というと？」

眼鏡が色男を見る。

色男が静かな声で続ける。

「北の大国ロクレツァ。昔はあれこれの小競り合いがあったのに、最近は何の手出しもしてこない。これは本当に、外交の成果なのだろうか。俺はかの国は機が熟すのを待っているような気がする。我が国が内部から壊れ、綻び出したそのときを狙って、かの国は全力で叩きにくるのではないだろうか。そんな気がしてならない。どう思うレオナール」

「……かの国が全面交戦の構えで我が国を攻めるなら、それは大陸を揺るがす大戦争になる。そしてどちらかが滅びるまで戦い続けるならば、それはもう、大陸全体を覆い尽くす惨劇になるだろう。よほどの勝算がなければ打って出てはこないはずだ。……よほどの勝算がなければ」

「あの女王陛下だ。戦わず早々に白旗を上げるんじゃねえか」

筋肉男が牛筋の串を皿に置いて酒を飲む。

眼鏡が振り返る。

「それはあり得なくもないことだガッド。国民の血を流さないことを目指すならそれが一番なのかもしれない。ただ我が国の土地と国民を手に入れたロクレツァがそれで満足するとは思わない。きっと血は流れ続けるぞ。国民は兵士に変えられ、欲望は戦力を得て大陸に留まらず、海を越えるかもしれない」

「そんな戦争狂いが、二十年も待てるもんか？」

「狂っているからこそ待てる、ということもあるだろう。その空白すらも計画のうちならば」

「ソーセージおいしい」

男たちは黙り込む。

色男が閉じていた口を開く。

「……だから俺たち軍は強くなければいけない。『あそこに噛みついたらただでは済まない』と相手が刃を向けられなくなるほどの強さこそが、戦いを避ける力になる」

「一見矛盾しているけどね。君の言うとおりだクリストフ。ここ二十年戦争がないにもかかわらず、軍の新規採用はなくなっていない。訓練だってこのとおり続いている。流石に軍人が死なないから採用数は減っているけどね。予算のカットも、上が言うほど大騒ぎするような内容じゃない。昔が良すぎたんだ」

「難しくてわかんねぇや。つまり俺たちがこんな地獄の合宿で毎日絞られてんのには、意味があるってことでいいんだな。おかみさん肉ください。あと冷たい酒」

「はいよ」

色男が焼き豆腐を食み汁とともに飲み込む。

眼鏡が大根を割って口に運ぶ。

「僕ソーセージとニギリメシお願いします」

「はいよ」

「俺は酒のおかわりお願いします。今度はぬるいので」

「僕も同じものを」

「はいよ」

しばし皆黙って食事を続けた。

「はいおまち」

とんと銚子を置けば、勝手知ったかのように色男が眼鏡に酒をつぐ。

眼鏡が色男につぎかえす。

不思議に同じ仕草で猪口を傾け、はああ、と息を吐いて額を押さえた。

「……こうなるか……！」

「沁みる……！　連日の訓練でささくれ立った心が浄化されるようだ！」

「ニギリメシおいしい」

楽しそうな奴らである。

「ふぅ……さすがに一年目とは違って、頭も使う訓練になったな。僕は実に楽しいよ」

「レオナールは筆記一位で入ったんだろう？　尊敬する」

「筆記ビリと組まされるとは思わなかったけどね」

眼鏡が筋肉を睨む。

「呼んだか？　体力試験は一位だぞ俺は」

「ちょうどいいじゃないか」

色男が笑う。眼鏡が睨む。

「失礼な。苦手だけどさすがにビリではないよ」

眼鏡がまた猪口を傾け、自分の短い髪を撫で上げ、ため息をつく。

「それにしても、いい加減早く髪を伸ばせる階級に上がりたいなあ。僕の母譲りの見事な銀髪を皆に見せてやりたいよ」

「上層部のほうに長髪が多いのはきっとこの制度のせいだよな。俺は伸ばさないぞ。なんか蒸れそうだ」

「俺はな、階級が上がったらヘルムのてっぺんに赤のふさふさをつけるんだ」

「あれすごくアホっぽくないかい」

「いや、かっこいい。ひと筋だけこう金を入れるんだ。絶対にかっこいい」

「タクアンおいしい」

だんだんだん！

突然部屋に乱暴なノックの音が響いた。

男たちがハッと扉の方向を向き、それぞれ自分の皿の上のものを片付け、残った酒で流し込む。汁や酒の一滴も残さずきれいに空になった皿と酒器が、ぴしりと揃えて板の上に並べられる。色男が立ち上がり、背を伸ばして春子に敬礼する。

「最後はもったいないいただき方をいたしまして申し訳ございません。本日は誠にありがとうございました。ごちそうさまでした！」

「「ごちそうさまでした！」」

「はいよ」

四人そろって敬礼をした。

春子は蓋をする。

屋台は消える。

クリストフが腕を掲げ、皆に指示を出す。

「ガッド、マルティン窓を全開にしてくれ！　レオナール対応頼む！　今の声はフレモンド先輩か……クソッ……何か見つけるまで絶対帰らないぞあの人は」

夜中の突然の先輩の訪問。

間違いなく後輩をつるし上げるための抜き打ち検査である。

持込禁止物を持ち込んではいないか、夜中出歩いていないか、飲酒をしてはいないか、まさかまさか女など連れ込んではいないか。

四人は軍部に所属する若手軍人である。入隊四年目で受ける、ひと月にわたる長き長き訓練生活の嵐のような夜中の訪問は、だいたい何かしらの成果を上げて去っていく。

本日は実にまずい。皆酒を飲んでポッカポカである。

「全員上半身裸になれ！　マルティン、ガッド秘蔵の卑猥な禁制本を、君が一番見つからないと思う場所に今すぐ隠すんだ！」

「了解！」

ガッドが目を見開く。

「なんでお前ら場所知ってんだよそれじゃすぐ見つかるじゃねぇか！」

クリストフが体をガッドに向け、真剣な瞳で彼を見つめる。

「ガッド＝ホフマン一等兵。これは我ら未来のために必要な犠牲である」

「……必要な犠牲」

「あの鬼のような検閲を乗り越えてまで持ち込んだお気に入りの禁制本だ。辛いだろう、苦しいだろう。どうか堪えてくれ。飲酒であれば何かしらの処分はあるが、禁制本であれば先輩方を楽しませるだけでありむしろよくぞ持ち込んだと裏で褒めたたえられながら揉み消される。どうか堪えてくれガッド。婆婆に戻ったら俺が三冊好きなのを買ってやる。我々のために散ったかの尊い姿を、我々は絶対に忘れない！」

「……くっ……」

ポロリとガッドの頬を涙が伝った。

ガッドもクリストフも顔が赤い。

なんてことない。度数の高い酒の一気飲みで、酔っているのである。

「隠したよ！」

「よし皆上半身裸だな！？　顔が赤いのは乾布摩擦《かんぷまさつ》で押し通す！」

「「「おう！」」」

「レオナール通せ！」

「わかった」

やがてキイ、と扉が開いた。

「ずいぶん待たせてくれるではないか四班。何か見られて困ることでもあったか？」

「はっ。皆で夜間の乾布摩擦をしておりましたため、お声に気づくのが遅れました。誠に申し訳ございません」

「ほう、それは感心。……ん？」

フレモンドの蛇のような目が、部屋の片隅でふと止まる。

「シーツがここだけ、ずいぶんと不自然に曲がっているものだ。どれ」

歩み寄りめくりあげ。

そこに現れたものを認め、彼は心底嬉しそうににやーっと笑った。

「これはまったくもってけしからん。風紀に反する。当然ながら没収する」

「くっ」

ガッドが辛そうに眉を寄せ拳を握りしめた。

「では訓練の続きに戻るがいい。失礼する」

あっさりとフレモンドは去っていった。

乾布摩擦など信じていないだろう。ただ持ち帰る手柄はひとつでいい。酒を咎めて罰を与えたところで彼らは何も得ないが、禁制品であればそれを持ち帰ることができる。

要は後輩がなんらかのダメージを受け、先輩方の名目が立ち先輩方に利があればよろしいのである。

「窓閉めよう寒い！」

「おう」

「俺の本……」

ばたばたと窓を閉じ上を着て、はあ、と中央にある椅子に座り込んだ。

一年目のときの部屋はベッドだけでぎゅうぎゅうの狭い部屋だったが、今年はそれに比べればずいぶん広い部屋になった。

「……くっ……」

「くくく……」

赤い顔を見合わせ、やがて笑いが起こった。

必死でこらえながら、苦しげに皆笑う。

妙に愉快だった。

「……夢みたいだったな」

「うん、おいしかった」

「あるんだなあ、こんなこと」

はあ、とマルティンがため息をついた。

「もっと食べたかったなあ」

「俺も」

「僕もだ」

それぞれ好きな場所に腰掛けて、それぞれ好きなものを頭に思い描く。

静かになった部屋で、やがてクリストフが静かに問う。

「……今日の戦術訓練、どう思った？」

「うん、相変わらず『九掛け』は九掛けだったね。でもやっぱり一番冴えてた。非難するやつも多いけど、僕はあれがダントツで現実的で、効果的な策と思う」

戦術訓練。

戦略部の若手の文官が、皆同じ条件のなか敵を打ち破る策をそれぞれ考え、そこから出された優良三案を、ああでもないこうでもないと現場の軍人が論じ合い、最も優れた案と思うもの、また改良してほしい点へのコメントをつけて返す訓練だ。

一年目の訓練はさすがに体を動かすものだけだったが、四年目ともなるとそういった頭を使うものも増えてくる。いずれは小隊、ひいてはより大きな隊の隊長となるべき若手軍人を育てる場所だから、作戦の全体を考えられるようにという考えであろう。

戦術発案者の名前は記載されていない。だが『九掛け』はなぜかいつも、他の案よりも兵士の数がそもそも一割ほど少なく、にもかかわらず意外性のある、ところどころなるほどなあと頷ける、そして最終的には大変好き嫌いの分かれる不思議な戦略を出してくる。

「俺は嫌いだね。細かくてまどろっこしいし、守りに寄りすぎる。もっとガーンと行きたい」

「君はそうだろうねガッド。でもあれは『なるべく死なずに勝つこと』を目標に練られてる」

「そればっかりじゃダメだろって話だよ。だいたいなんで九掛けなんだよ。いつも気持ち悪りぃんだよ」

「別紙の付属書があるのだと思う」

「え？」

発言したクリストフを皆が見つめる。

「一割はたぶん、別の。……保護と誘導に当たっているんじゃないだろうか。民間人の」

ぽかんとガッドが口を開けた。

「……戦術なのに？」

「だからこそ。必要だろう、実際」

レオナールが眼鏡を上げて眉間を押した。

「……それはあまりにも情緒的ではないかい？」

「ああ。ちょっと我流に寄りすぎているとは思う。ガッドみたいに感じる奴は多いと思うし、こだわりが強すぎて軋轢《あつれき》も大きいはずだ。ただそれでも買っている人間もいるからこうして俺たちのところまでくるんだ。文官だって一枚岩ではないんだろう」

ガッドが納得いかないという顔をしている。

「そもそも俺は民間人だって、戦える奴は戦うべきだと思うぜ。住んでる場所のピンチなんだ。女子どもはともかく、男は残って戦えよ」

「最後の手段だガッド。まずは俺たちが戦うべきだ。戦うために訓練を受け、給料を得ている。死ねば補償金も出る。民間人はそのいずれももらえない。大黒柱を失えば残された家族は途方に暮れるしかないんだ。九掛けは近しい人を戦争で失ったんじゃないかな。でもあまりにも失うことを恐れすぎている気がする。もう少しなんとか上手く、万人受けする形にできる気もするんだもったいない」

「……なんか納得いかねぇなあ……」

うーんとガッドが唸った。

「ところで俺は『九掛け』は、女だと思うんだ。なんかあれは女の匂いがする」

へら、と突然ガッドの顔が緩んだ。

「ガッド……」

「禁制本がなくなったから戦術書にまで女を見出すか……気の毒な」

「……」

クリストフは黙っている。

「いいや俺の勘が言ってる。女だ。ほら、戦略室に女の子いるだろ？　ちょっとキツそうで、意外と胸のでかい」

「ああ、あの柳腰の」

「なんか言い方古くてエロいなレオナール！　ショートで軍服なのがなんかいいんだよなあ……あ〜あ男いるかなぁ、いるだろうなぁ」

「……」

あれ？　とレオナールとガッドはクリストフを見る。

模範的だが和を守るから、猥談に参加しない男ではないはずだ。

「どうしたクリストフ」

「……その子なら知ってる。入軍後地獄の研修が始まる前最初のオリエンテーションで一緒の組だった。最初五人一組で関係施設を一日回っただろう？」

「あったなあ。俺は野郎ばっかだったよ。いいなあ」

あっさりと言ったガッドに、レオナールがしっ！　と指を立てる。

クリストフが頭を抱える。

「……男な。いるよ。前市場で、同じオリエンテーションのメンバーだった文官の男……確かグンナーなんちゃらだ。そいつと一緒に食材の入った籠を持ってトマトを選んでた。手をつないで。……笑ってて、私服、可愛かった……」

「……」

「俺も鶏のトマト煮好きなのに……」

ブフー！　とレオノール、ガッドが勢いよく吹き出す。

「おいそのまま肉屋までついて行きやがったぞ！　馬鹿だ！　馬っ鹿だこいつ！」

「クリストフお前……もてるくせに……そんな」

「俺はいつも好きな子にだけもてないんだ！　ああクッソ初動を間違った！　ガンガン行くべきだったんだ！　なんかちょっと一歩引いてるから、いきなり行ったら嫌われると思ってたら西に転勤になって、帰ったらあのざまだ！　ちきしょう！」

クリストフが長い手足をよじる。

かっこ悪い。

実にかっこ悪い。

「あはははははかっこ悪りぃ！　クリストフがかっこ悪りぃ！　あのクリストフが！」

「ミレーネ女史の秘蔵の甥っ子クリストフが！　涼しい顔でなんでもこなす羨ましい男が！　いや！　実にいいぞ人間らしい！　とても好感が持てるぞクリストフ！　僕は君を今日好きになった！」

顔を赤くし涙を溜め腹を抱えてガッドとレオナールがげらげら笑う。

皆、大変気持ちよく酔っている。

ひとしきり笑い終えたレオナールが眼鏡を上げて涙をぬぐう。

「はーあ……酒がないのがつらいな。まあ落ち込むなクリストフ。女性は星の数ほどいる。大丈夫、悔しいが君はもてる」

「訓練終わったら休みだ。またパーッと行こうぜ。こないだ行ったとこ、よかったなあ」

「うん、よかった」

「え？」

頬を染めて言ったマルティンをレオナールが振り返り、続いてガッドをまじまじと見る。

「何の話だ。僕は誘われてないぞ」

「……いやお前、そういうの嫌いかなと思って」

「嫌いな男がいるものか！　誘え！　次から必ず誘え！」

「はいはい」

「鶏のトマト煮……」

「ぶはっ」

「まだ言ってる！」

「はあ……」

なんとなく、しん、となった。

先ほど部屋に入れた冷気が、冷たく漂っている。

レオナールがクイと眼鏡を上げる。

「さて、そろそろ寝なくては。ああ今日は実に印象深い、馬鹿な夜だった」

「ああ、本当に」

「起きれば、また地獄か」

「早く馬術の訓練にならないかな」

「マルティン馬得意なのか」

「……マルティンのは得意なんてもんじゃない。馬も人も性格まで変わる。楽しみにしておいたほうがいい」

「げえ」

ランプの明かりが消えた。

部屋が静まる。

それぞれのベッドで青年たちは思った。

自分たちはいつかどこかで、人を殺すだろう。

人を殺すための指示を人に出すだろう。国のために。

いずれ歳を取り、それぞれ違う立場になり、枕を並べて眠ることも、肩を並べて笑うこともなくなるだろう。

だが。

今日この日、この場所で。

あたたかな湯気を吐きながら祝杯をいただき、酒を飲んで馬鹿をやって笑った。

いつかそれぞれの場所で、この日のことを。

きっと懐かしく、思い出す日が来るのだろう。

「おやすみ。明日も早いぞ」

「ああ、おやすみ」

「おやすみ」

「おやすみ」

「……トマト煮」

「ぶはっ」

「やめてくれ」

「おやすみ」

しんしんと夜が更ける。

不思議に眠れず、仲間たちが眠れていないのを感じながら。

それでも穏やかな気持ちで、夜の音を聞いていた。

◇　◇　◇　◇　◇

アステールの首都グランセントノリア。

女王陛下のおわします王宮を有する石造りの王都を、軍部文官ミネルヴァは走っている。

文官だから体力はなくたっていいのだが、ないよりはあったほうがいいだろうと思って何年も毎日走っている。

冬は朝暗くて危ないので、太陽が出てからの少し遅めの時間に走っている。

走りながら、クリアになっていく頭で色々なことを考える。

先日上げた戦術案に、ひと月にわたる通称『地獄の合宿』に出ている同期の軍人からコメントがついて戻ってきた。好意的なもの、批判的なもの、どちらもあったしどちらも大変参考になった。

紙の裏に戦術とはなんら関係ない『腹減った！』という殴り書きがあった。訓練所の食事はたいそうまずいと聞く。そろそろあれを書いた彼も、ほかの彼らも地獄から解放されておいしいものをたらふく食べているころかな、とミネルヴァは微笑んだ。

もっと軍のことを、人のことをミネルヴァは知りたい。

現場に出ている彼らが何を考え、どんな風に動くのか。

知りたいことがたくさんある。

時間が、もっともっとあったらいいのに。

今のミネルヴァには、やりたいことが、たくさんありすぎる。

噴水の前。

前から男が走ってきた。

背が高くて体格がいいので一瞬びくりとしたものの、見覚えがある顔だとすぐに思い出した。

むしろその顔を、最近何度も思い出していた。

今ミネルヴァがお話ししたい人ナンバーワン、ミレーネ女史。

その方の甥っ子であり、ミネルヴァの同期である。

そのまますれ違いそうになりミネルヴァは足を止める。

男は気づかず立ち止まらずに走り続ける。

早い。一見余裕さえ感じるような軽やかな走りなのに、ミネルヴァにとっては全力疾走の速さである。必死で追いかけ、ミネルヴァは叫ぶ。

「あの！」

「はい？」

男が振り返り、ミネルヴァの姿を認めて止まる。

走り寄る。

やっぱり大きい。

自分たちとは、筋肉のつき方が全然違う。

「トレーニング中すみません、クリストフ＝ブランジェさん！」

「……はい」

「同期で、最初の、オリエンテーションで、同じ組だった、ミネルヴァ＝アンベールですお久しぶりです！」

「……お久しぶりです」

彼は目を見開いてミネルヴァを見ている。

何年かぶりに会って突然話しかけられたのだ。当然だろう。

「合宿、終わったん、ですね」

「はい。……昨日中央に戻りました」

「お疲れ様です！　あのお願いが……お伺いしたいことが、あって」

息を切らしながら、目の前の長身を必死で見上げた。

寒いのに、額を汗が幾筋も伝ったのがわかった。

汗臭かったらどうしよう。女のくせに汚いなと思われてたらどうしようとは思うが、千載一遇のこのチャンスをミネルヴァは逃したくない。

「あの……とても不躾なお願いで、嫌だったら、そう言って、ほしいのですけど」

「……息が整ってからでいいよ。すぐに気づかなくてごめん。ちょっと別のことをいや別でもな……いやなんでもない少し考え事をしていて。大丈夫、趣味で走ってるだけで、まったく急いでないから。どこか座れるところを探そう。外だと、体を冷やしてしまう」

「……ごめんなさい」

「いや、名前を覚えててもらえて嬉しい。クリストフでいいよ。敬語もいらない。同期なんだから」

「ありがとう。私も、ミネルヴァでいいから」

「ぶっ」

「何か？」

「いや。うん、なんでもない。ミネルヴァ、……さん」

「あ、あそこ。お茶の種類が多いの。お菓子もおいしいし。クリストフさん甘いもの好き？」

見上げるとじっとクリストフがミネルヴァを見ている。

「うん。好きだ」

「じゃあ、あそこにしよう。もちろん、おごるから。突然呼び止めて、付き合わせてごめんなさい」

「いやむしろぜひ付き合いたい」

何故か赤くなって固まっているクリストフの腕を引っ張り、ちりーんとドアベルを鳴らして入店した。


お茶を選び、ミネルヴァはクルミと干した果実の入った焼き菓子を、クリストフは燻製肉を挟んだサンドイッチを頼んだ。

やっぱり男の人はしょっぱいもののほうが好きなのだろうか。先ほど甘いものを好きと言っていたのは、ミネルヴァに気を使ってくれていたのだろうか。こんなに立派な体格なのだから、もっとしっかり食べられるお店のほうがよかったのだろうか、とあれこれミネルヴァは考える。

彼は男らしく見えて食べ方が綺麗だ。育ちのいい人なんだろうな、とミネルヴァは急に自分のフォークの持ち方が恥ずかしくなった。

「本当に、急にごめんなさいクリストフさん」

「……良ければ呼び捨てにしてほしい。同期なんだし」

「うん、じゃあ私にもそうして。あのね、クリストフ」

「ぶっ」

クリストフからまた変な音がした。

「なあに？」

「何でもない。急に変なくしゃみが出たみたいで。失礼。どうぞ」

「その……」

クリストフは真剣な顔で、ミネルヴァの話を待っている。

あなたの伯母さんと話す機会が欲しい。

ひいては同期のよしみで、取り次ぎを頼みたい。

口に出す前に今一度考えてみれば、なんと一方的で身勝手な話だろうとミネルヴァは思った。

「……」

「……言いにくい話？」

言い淀んでいると、優しく問われた。

声の柔らかさに、ミネルヴァはいつの間にか俯いていた顔を上げる。

ぱちんと目が合った。

ふいと逸れた。

人に向ける言葉や態度で、誠実な人だと、初対面から感じていた。

きっと、言いふらしたりするタイプではないはずだ。

彼と自分の勘を信じるしかない。もし言いふらされたところで、しばらく皆のいい笑い話になるだけのことだ。

「……クリストフ、時間は本当に平気？」

「うん。ミネルヴァ……、は？」

「平気。お休みだから」

「俺も」

「ごめんね」

「いいよ。どうしたの？」

「……実は……」

ミネルヴァは腹をくくって最初から話し出した。

自分が戦争孤児なこと、軍部の戦略室勤務なこと。

先日三年付き合った婚約者に捨てられたこと。殺そうと思ったけどやめたこと。

一度死んだつもりで、人生をやり直すつもりで、今の頑な自分を変えようとしていること。

同じ仕事をしている手本となる女性と話してみたいこと。

それがクリストフの伯母であること。

どうしたら彼女と話す時間を取れるか、アドバイスが欲しいこと。

語り終えてそうっと彼を見上げれば。

彼は固まっていた。

少し怒っているようにも見える。

やはり勝手だっただろうか、とミネルヴァは眉を下げた。

「……ごめんなさい」

「どうして君が謝るんだ。そんな風に理不尽に一方的に君だけ傷つけられて、相手の男も女もなんのお咎めもなし？　そんなこと許されていいわけがない。少し待っててくれ、法律に詳しい知り合いがいるから……」

立ち上がりかけたクリストフの手をミネルヴァは思わず摑んだ。

「いいの。本当にそれはいいの。もう終わったことだから。私は何も失ってない。むしろ気づけて良かった。あのまま結婚しなくて、本当によかった。続きも先も望まないことのために時間を使いたくないの。私は今、このチャンスに、これまで自分が目を背けてきたものを見て、自分の悪いところを改めて、前に進みたい。時間が惜しいのクリストフ」

「……」

「あ、ごめんなさい」

摑んでいた手を離した。

ごつごつして、大きくて。

戦う男の手のひらはこうなんだなと思った。

クリストフが着席し直した。

「ミネルヴァ……の気持ちも聞かずに、ごめん。……伯母は戦略家でありながら策略や、人任せが嫌いな人だ。俺が根回ししたり、つなぎをつけるのは、逆効果だと思う」

「……そう、なんだ」

ミネルヴァは肩を落とした。

親族である彼が言うのならば、そうなのだろう。

クリストフがカップを口に運ぶ。

「伯母はいつも昼食を『藁煉瓦亭』の一番奥の席でとる。玉砕覚悟で突撃するしかない」

「……」

お食事中に不愉快な思いをさせるかもしれない。ミネルヴァはまた眉を下げる。

「一見厳しそうだけど、困っている後輩の真剣な悩みを無視できる人間ではないよ。男ばかりの軍部で女性が働くことの大変さは、伯母は身に染みてわかってる。丁寧に声をかけて、さっきみたいに話してごらん。きっと、ちゃんと聞いてくれるから」

「うん……」

じわりと胸があたたかくなった。

穏やかな優しい声だな、と思う。

なんだろう。人を包むのが上手いのだ、この人は。

彼がリーダーならば、チームの人たちはきっと安心してその指示を聞けることだろう。

自分に一番足りないところだな、とミネルヴァはまた反省する。

「ありがとう、クリストフ。今日、会えて良かった。付き合ってくれて、助言をくれて、本当にありがとう」

　ミネルヴァは笑った。

　クリストフがミネルヴァを見ている。

「……ミネルヴァ、もし、よければ」

「なあに」

「今度、俺と食事でも、行きませんか」

「……ごめんなさいお礼、サンドイッチじゃ足りないね。……あんまり、高くないところなら」

「まさか！　違うんだ。ええと、鶏のトマト煮で評判の店があってずっと行ってみたいんだけどちょっとひとりとか男同士で入れるような雰囲気の店じゃなくて。よかったら、付き合ってくれないか。もし良かったら。俺、好きなんだ。鶏のトマト煮」

　さっきと違い妙に早口である。

　焦っているようなその姿がなんだかおかしい。ミネルヴァは思わず笑ってしまった。

「変なの。クリストフ、もてそうなのに」

「まあ、好きな子以外にはたまに」

「うん、行ってみたい。私も鶏のトマト煮好き。実は数少ない得意料理なの。この機会に名店の味を盗んでしまおう」

「おっと名店探さなくちゃ」

「なあに」

「いや、こっちの話。いつなら大丈夫？」

うーんとミネルヴァは仕事の予定を頭に浮かべた。

「急だけど、今夜でもいい？　来週は忙しくなりそうで、予定があまり読めないの」

「…………もちろん」

「わあ大変、何を着て行こう。どんなお店？」

「……どんなお店だろう」

「？」

急に遠い目になった。

まあいいか、うっかりトマトがはねてもいいように赤い服にしようと考えてから、そんな女らしい色の服を持っていないことに気づく。

自分を変えるとミネルヴァは決めた。

今日の昼は街に出て、新しい服と、せっかくだから靴も合わせて新調するとしよう。

背の高い彼と歩くのだ。少しかかとの高めの靴を履いたっていい。

あんまり真っ赤じゃ恥ずかしいので、少し落ち着いた赤か、煉瓦色がいい。

女らしい服に合う、きれいな形のコートも探してみよう。

たまにはしっかりお化粧をしてみたっていいじゃないか。

そこまで考え、ミネルヴァは笑った。

「なんだかデートみたい」

「……うん。そうだね」

支払いをしようとしたら気がつかない間に支払われていたので、最初はふたり分を。頑として受け取ってくれないので今度はきっちり自分の分の額をなんとかクリストフに渡した。

待ち合わせの時間と場所の約束をして、別れる。

遠ざかっていく背中に小さく手を振ったらちょうどよく振り向かれ、笑いながら手を振り返された。

なんだろうな。

ぽかぽかする。

よし、とミネルヴァは歩き出す。

未来に向かって。

とりあえずは直近の鶏のトマト煮に向かって、財布を握りしめて。

ミネルヴァは軽やかに街へと歩き出す。

意外と見つからないものなのだな、とミネルヴァは途方に暮れている。

女らしい赤いワンピース、きれいな形のコート、それらに合うかかとの高い靴。

本以外で目的のある買い物は久々である。衣服ともなれば先日の花嫁衣裳以来だ。結局それは使わなかったけれど。

その前となるといつだったかも思い出せない。

基本ミネルヴァは見た目に頓着《とんちゃく》していない。髪など実用重視でいつも同じところで伸びれば切ってもらうだけだし、化粧はなんとなく粉をはたいて眉を整える程度、肌の手入れなど一応化粧水をつけるくらいで、基本、そのまんまである。機能的で、汚れてなければいいかなと思っている。

それでなんのトラブルも起きていないのだから、強い肌と髪に生んでくれた、見たこともない母に感謝するべきだろう。

行きつけの服屋もない。なので財布をぎゅっと握りしめたまま、華やかな街をおろおろと歩いている。

これまで努力してこなかったつけだ、とミネルヴァは苦く笑う。

華やかなもの、かわいらしいものなど自分には関係ないと、本当は気になるくせにわざと見ないように、遠ざけていたような気がする。

自分の名前をつけていいものなど、大人になるまで持っていなかった。

孤児院の先生たちは優しかったけれど、ミネルヴァだけのおかあさんではなかった。

何かを求めてはいけない、ピカピカしたきれいなものはミネルヴァのものではないと、物心ついたときからずっと、ミネルヴァは思っていた気がする。

同世代の思い思いに着飾った華やかな格好の人々が溢れる街でひとり焦る。

今日は買いたいのに、とミネルヴァは弱った。

「あれ……？」

横道の奥、ちらりと気になる看板がのぞいた気がしてミネルヴァは足を向ける。

入り組んだ煉瓦造りの奥、同じ大きさのお店が三つ。

右は化粧品屋さん、真ん中は服屋さん、左は美容院らしい。

『ビオラの化粧品店』『マダムカサブランカの衣裳店』『デイジー美容院』と飾り文字で書かれたそれぞれの看板に、それぞれ炎の色が違うろうそくのマークが描かれている。

何故だろう、すごく気になる。

よし、とミネルヴァは真ん中の服屋の重たげな扉を開いた。

何故そんなことをしたか？

勘である。

ミネルヴァはこれまでいつも自分にできる限りの努力をしてきた。それでも土壇場で自分を救ってくれるのは、その岐路でふっと導きのように香る、嗅覚にも似た勘だったと信じている。

「いらっしゃいませ」

なんとも言えない高さの声が聞こえた。

店の奥に、誰かいる。

大きい。

背が高い。

そして横にも大きい。

人の三倍はありそうな体の表面を、紫のきらきら光る布が覆っている。

塗りこめられたように施された化粧。つんと上がった眉、光る赤い唇。

「何かお探し？」

男のような、女のような。

やはり不思議な高さの声だった。

不快ではない。むしろ穏やかで、優しい声だと思った。

「……同期の男性と、今夜初めて食事に行くことになりまして」

ドアにしがみついたまま思わず言った。

本当のことを先に言ったほうがいい気がしたのだ。

これははたして勘なのか。

あるいはこの人の、空気に飲まれたのか。

「あら」

「……赤いワンピースと、コートを、靴を探しています」

「そう。どんなお店に行くの？」

「……わかりません。鶏のトマト煮がおいしいお店で、男同士じゃ入りにくいところとのことです」

「ふうん」

きらり、と彼女（？）の目が輝いた。

「合わせたいアクセサリーや手持ちの服はないの？」

「……女らしい服も、アクセサリーも持っておりません」

「そう」

さらにきらんきらんと目が輝いた。

のっそりと彼女は立ち上がる。

「ようこそ。わたしのお城へ。素敵な迷子ちゃん」

腕を広げ、嫣然《えんぜん》と笑う。

「魔法をかけてあげるわ。……覚悟しな」

最後だけ男の声だった。


「ああ～んいいわ！　すっごいいいわ！」

右から声がする。

「いいえもっとセクシーにしましょうよう！　胸元まで開いたのあるでしょう!?　この見事な胸を出さなくてどうするの!?」

左からも声がする。

「だまらっしゃい！　一応聞くわ。あなた男は何人知ってるの」

「……ひとりです」

「その野郎と別れたのはいつ。どっちから」

「つい先日。別の女を妊娠させたから婚約を破棄してくれと」

「なかなかいい修羅場ね！　どうせ口先だけ甘いマメ野郎にほだされたんでしょう」

「強がってる美人の、あるあるよね～」

「わかるわぁ」

「だまらっしゃいブスども。それで今夜の男はどんな男？」

「同じ軍の……同期の軍人です。……背が高くて、誠実そうな人です」

「ほらね」

ふふんと笑ってマダムカサブランカが残りのふたりを振り返る。

「これがベストよ」

「ぐっ……」

「さすがお姉さま……」

ふわりとした衣装を身に纏《まと》う髪を七色に染めた細目の女性（?）が褒めたたえ、痩せた体を黒のロングドレスで包んだ女性（?）が悔しそうに言う。

ミネルヴァは今店の、大きな鏡の前に立っている。

纏うのは深みのあるワインレッドの、手首まで袖のあるワンピースである。

柔らかく光沢のある生地で、細身なのに苦しくない。

首元が浅く、背のほうがわずかに深く切れ込んでいて、少しだけ涼しい。

変にひらひらしたりレースだったりだったりしたら嫌だなと思っていたが、マダムカサブランカはどうやらひと目でミネルヴァの好みを見破ったらしい。シンプルで、無駄がなく、それでいて女らしい。

そっとミネルヴァは自分の開いた首元をさすった。

「……首元が……」

「寂しいかしら？」

「いいえ、いつもは襟が高いので、なんだかすうすうとして」

「女の子でも軍服なの？」

「はい。支給品で、男物のしかないから。一番小さいサイズのを、詰めたり、短くしたりしてもらって」

「いやだわ、いえいいわ。禁欲的ね」

「ぞくぞくするわ」

うふふと女たちは笑う。

「そうね、少し寂しいかも。でもそれでいいのよ」

マダムカサブランカの分厚くあたたかい手が、ミネルヴァの開いた首元を撫でる。

男の人の手だとわかっているのに、少しも嫌な感じがしない。

ただただ美を。

彼女の求めるずっと先のものを見ているとわかるからだろうか。

「普段男物の固い服で隠しているこの綺麗な白い肌。ここを自分の贈ったもので飾りたい。色づけたい。宝石でも、他のものでも。横にいる男にそう思わせてあげなさい。そう思える女を見つめながら食事をともにできる男の、いったいなんて幸せなことかしら」

「……ただの食事です」

「じゃあ練習だと思いなさい。なんでも練習は大事でしょう？」

「……はい」

なんだか本当に魔法にかけられているような気がする。

あれよあれよという間にコートも、靴も決まり。

七色の髪の女性に髪を梳《す》かれ、くるくるとねじりながら少しだけ顔の脇に垂らされる。

最後に黒のロングドレスの女性から、顔にぽんぽんと色をのせられた。

いつもは前髪で隠した額が出ている。

濃い化粧ではなくほんの少し、頬と目の上がいつもよりほんのり色づき、唇がより赤く艶やかに光っている。

ふーっとロングドレスが満足げなため息をつく。

「若くて元がいいと手間がかからないわね。こってり重ねた油絵みたいなあんたらみたいなのとは雲泥の差だわ」

「んまあ」

「失礼しちゃうわ」

ぶうぶうと野太い声が響く。

最後に差し出された伝票を見れば、化粧代含めぎりぎり想定の範囲内だった。

「……ありがとうございます」

「こちらこそ。いい仕事をすると気持ちがいいわあ」

うっふっふと地の底から響くような声で笑う。

じわりとなんだか泣きそうになった。

「……また来てもいいですか。服も、お化粧も、似合う髪型も、何もわからないんです。今までずっと、さぼっていたから」

「大歓迎よ。伸びしろしかない素直なお客様、私たち大好きよ」

ボーンボーンと時計が鳴り、はっとした。

待ち合わせまで、もう時間がない。

家に一度戻って着ていた服を置いてこようと思ったのに、とミネルヴァは焦る。

見かねたマダムカサブランカが声をかける。

「いいわよ。置いておきなさい。預かっておいてあげる」

「でも……」

「女がでかい荷物持ってきたら艶消しでしょう！　エスコートすることもできないじゃないの！」

「エスコート!?」

されたことのないミネルヴァは目を白黒させる。

ッターンとマダムカサブランカが舌打ちをした。

「ビオラ！」

「はい」

ロングドレスの女性がすっと背を伸ばす。

ウェーブのきいた黒く長い髪をかき上げ、後ろで結わう。

あっという間に彼女は背の高い彼になった。

「お手をどうぞ、お嬢さん」

低く甘い声色で手を差し出され、思わずミネルヴァはその手に自らの手を重ねてしまった。

「……」

彼らは魔法使いなのだ、やっぱり。

「ここからは、腕を」

思わず耳たぶが赤くなるような声とともに彼が自らの右腕を緩やかに曲げる。手のひらを導かれ、そっと腕の上に置かれた。

「素敵ですよお嬢さん。貴方は実に姿勢が良くて、凛としてとても美しい」

振り向いて彼は優しく微笑む。最後の褒め殺しまで完璧だ。

「よし。行っといで！　取りに来るのはいつでもいいよ！」

「はい！　行ってきます！　ごめんなさい！」

「ごめんなさいと言いたくなったらありがとうと言い換えなさい！」

「はい！　心得ましたありがとうございます行ってきます！」

「めかしこんだら女は走るんじゃないわよ！」

「ごめ……ありがとうございますがんばります！」

外に出る。

出たら消えてしまうかもしれないと思ったお店は当然だが消えなかった。ちゃんと三つ並んでそこにあった。

はあっと吐いた息が白い。

コートの前を合わせ、ミネルヴァは転ばないように慎重に歩く。

大丈夫、街の地図は俯瞰で頭に入っている。ここからなら走らなくてもなんとか待ち合わせには間に合うはずだ。

待ち合わせ場所のベンチが見えてきたが、そこにまだ彼の姿はなかった。

待たせていなくてよかった、と時計を見上げれば、ちょうど待ち合わせの時間を打つところだった。

「わ」

「失礼！」

角でぶつかりそうになった人がいてそちらを見れば、それは他でもない待ち合わせ相手のクリストフだった。

俊敏にかわしたうえで相手が転ばないよう受け止めようとしたのだろう、わずかに腰を落として腕を伸ばしている。

汗をかき、こんなに寒いのに、コートを脱いで腕まくりまでしている。

「……走ってきた？」

「うん。ちょっといろいろ手こずって。待たせてごめん」

彼は腕を下げ体を起こす。

白い息を吐いて謝るが、ミネルヴァだって今来たのだ。

取り繕うためでも、機嫌を取るためでもなく、真剣に誠実にそう言っていることが、目の色と声の響きでわかる。

「ううん、急がせてごめ……急いでくれてありがとうクリストフ。私も、今来たところだから、心配しないで」

「……」

自分との待ち合わせのために走ってきてくれた人がいることがなんだかすごく嬉しくて、ミネルヴァは笑った。彼はじっとミネルヴァを見ている。

「……」

「……」

彼が何も言わないので、ミネルヴァも黙って見上げている。

彼はミネルヴァから目を離し、おもむろに自らのまくっていた袖を下げ、襟を正し、コートを羽織って首元の金具を留め背を軍人らしく凛々しく伸ばした。

そして緩やかに曲げた腕をミネルヴァの前に出す。

「……足元が、暗いから。もし迷惑でなければ」

「……ありがとう」

ミネルヴァはその腕に手を伸ばし、教わったとおりに軽く置く。

さっき教えてもらわなかったら、きっとこれが何かもわからなかった。

クリストフはビオラのように振り向いて甘く囁《ささや》いたり、褒めたりはしない。

姿勢正しく前を見て、それでもミネルヴァを気遣い歩幅を短くして歩む。

見上げた彼の耳が赤いのは、まだ体が熱いせいだろうか。

ピュウと冷たい風が吹き、ミネルヴァは肩をすくめる。

「……今日は寒いから、あたたかい葡萄酒を飲もうかな。香辛料のうんときいたやつ」

「……熱いの？」

「ううん、ちょっとぬるいの」

言った瞬間に彼の顔がこちらを向いた気がしたので顔を上げた。

「……ちょっとぬるいの、か」

ふ、とその表情が柔らかくなる。

何か秘密を共有したような気がして、ミネルヴァも笑った。

本当に今日は、慌てたりへこたれたり驚いたり、忙しい一日だった。

一歩歩むごとにそれらが遠ざかり、楽しみになってくる。

どんな話をするのだろう。

名店の鶏のトマト煮はおいしいだろうか。

ミネルヴァには今知りたいこと、やりたいことがたくさんある。

やってきたことは捨てない。続けてきた努力はやめない。でももっと広い視点で世界を、人の心を見られるようになりたい。

ミネルヴァの知らない魔法は、きっとこの世界にたくさんあるのだろう。

願わくば今夜は。

そっと先を行く男を見上げた。

『ここを自分の贈ったもので飾りたい』

まさか、とミネルヴァは首元をコートの上からおさえて首を振った。

せめて彼が、楽しいと思える時間を過ごしてくれますように。

道の先に、明かりの灯るあたたかそうなお店が見えてきた。

◇　◇　◇　◇　◇

「……はあ」

「間に合ったかしらね」

「女は少し遅れたっていいのに律儀な子。可愛い子だったわ。大きな目がきらきらして」

マダムカサブランカの衣装店。

ひと仕事終えた魔女たちが、優雅にボリボリ菓子を食っている。

「本当。……恋の始まりって素敵ね」

「ええ。少し前の私みたい」

「何十年遡ってもどこにもねえだろうが」

「なんだとコラ」

「あんな可愛い子に、あんなに必死にデート用の服を用意させる色男。見てみたいわぁ」

うっとりと美容師デイジーが言う。

「相手がまたマメなだけの糞野郎じゃないといいんだけど」

「繰り返すのよね。なんでかしらあれ」

心配そうに言うビオラとデイジーに、マダムカサブランカが微笑む。

「大丈夫よ」

ジョッキのようなティーカップを彼女は優雅に傾ける。

「変わりたいと思ってちゃんと行動する女に、マメなだけの腐った野郎はつけ込めないわ」

「……そうね」

「ええ。きっとお似合いの、真面目な色男だわ」

外で風が吹いたらしい。かたんかたんと看板の揺れる音がした。

十四皿目　転移紋の管理者テレーズ＝カサドゥシュ

「くそっ」

金の紋章の入った紙を、老女テレーズは忌々しい思いで投げ捨てた。

「いったい何回断らせるつもりだい。ふざけるんじゃあないよ」

拾い、また読み、やはりカッとしてナイフのような長い爪で紙を切り裂きかけ、ふとその手が止まる。

視線の先に掃除の手を止めて、そんなテレーズを心配そうに見ている子どもがいる。一年ほど前に、家の前に捨てられていた子どもだ。

五歳か六歳くらいだっただろうか。見て見ぬふりをして死なれても胸が悪いし、飯だけ与えて元気になったら放り出そうと思っていたのになんだかすっかり居ついてしまった。

子どもは泣きもしゃべりもしなかった。

そのせいで捨てられたのか、とはじめは思ったが、どうやらそれだけではないらしいことが暮らしているうちにわかった。

こいつは『忌み子』だ。テレーズと同じ。

十人にひとりが魔力を持って生まれるこの世界の、そのひとり。そしてそのなかでも最も理解されにくい力のひとつ。

魔力を持って生まれたことを天の授かりもの、家の宝だと愛されて育てられるものもいれば、他にはない恐ろしい、異質なわけのわからないものだと忌み嫌われるものもいる。

その後者。人と違うその力を恐れられ、愛されず。

そうして放り出されたものだと、骨と皮のような姿からわかった。

テレーズもかつてはそうやって捨てられた子どもだった。

捨てられ、幸いにも拾われた。

転移紋の管理者、空間魔術師のリオノーラに。

『これはいつからあるのか、誰にもわからないものなのだよテレーズ』

微笑みながらその表面を愛おしげに指でたどる師を思い出す。

『石碑によればかつての大賢人、空間の大魔術師たちが文様を考え、離れたふたつの場所で一番円に寸分違わぬ紋を描き、その周りの二番円にその中央円を守るための紋を、外側の三番円にその地の魔力を取り込むための紋を描いたそうだ。遠くに置かれたふたつの紋の間に魔力を流し、互いの場所から場所へと一本の道がつながった。実に偉大。なんという力。道は人を、物を瞬時にもうひとつへと運んでくれる。この紋は遠くあってもともに生まれた片割れを感じ、道を通してつながっている。遠くにあり決して重なり合うことのない双子の紋は、互いを請うことでつながっている。道は紋と紋の愛によってつながり続けている。だがそれらは常に遠くにあり惹かれ合うだけだ。求めあうだけだ。決して重なることはない。残酷なことだ。人というのは自分の便利のためならばどんな非道なことも技術として割り切って使うのだよ。恐ろしいものだね』

師は男装の、詩人のような女だった。

『我々はいつも手入れをしてやらなくてはいけないよ、愛を持って。周りの地形、水の近さ、魔力の流れ。道の形と長さによって、二番円、三番円の紋を常に新しくしなくてはいけないよ。中心の一番円の紋を、決して変えてはいけないよ。お前なら見えるだろう。一番円を守るために何が必要か。この地に漂う力を流し込むためにどんな形が必要か。機械的に行ってはいけないよ。よく見、感じなくてはいけないよ。これが互いを請い合っている生き物であること、心があることを忘れてはいけないよ。ただの便利な道具だと他の誰もが思っていたとしても、わたしたち管理者だけは、それを忘れてはいけない。これは紋と紋との愛なのだ。この道は愛によってつながり続けているものなのだから』

何が愛だよ、とテレーズは舌打ちする。

そんな馬鹿げたことをいつも言っているから、馬鹿にされたのだ。

馬鹿にされ、軽んじられ、技だけ盗まれ遠ざけられて、あんなにも惨めに、最期は薬すら買えずに死ななくてはいけなかった。

転移紋を管理する者たちは皆どこか詩的で、ロマンチックだった。

その言動にはとらえどころがなく、力を持たぬ者には理解しがたい抽象的なものだった。

『空間』を感じ、それを愛し、決して支配しようとはしない者たち。

王は彼らの言葉を理解できず、無理な命を与えては断られ苛立ち、やがて彼らから『管理者』の称号を剝奪した。大昔より伝わる管理者の技の詰まった書物だけを奪い取って。こんなもの、お前らではなくてもできることだ。現に今まで何事も起きなかったのだから、と。

それなのに今更。

「こんなもの……」

紙を持つ手に力が入る。

「――こんなもの！」

ボン。

「……あン？」

「おでん屋だよ」

老婆と老婆が皺を深めて睨み合った。


「つたくやってられっかってんだよ」

頰を染めたテレーズが板に上半身を預けている。

横で子ども――拾い子のジャンがおいしそうにたまごとハンペンとイナリズシをかわりばんこに口に運んでいる。

「何十年も前に人をばっさり切って捨てておいて、今更『困っちゃったから助けに来てちょうだい』？　ふざけんなってんだボケナスが」

「威勢がいいねえ」

フーリィがどこか楽しそうに言った。テレーズは勢いづく。

「『最近転移紋が不安定なの』？　当たりめぇだろうがてめぇの親父に何度言ったと思う。二番円、三番円はずっと手入れしなきゃいけねぇって。空間が見えて紋をちゃんと知っている奴らがいつも見て回り続けなきゃならねぇんだって。一番円だけ見て他を適当にちょいちょい目先の知識だけいじるのはパンツの紐を緩むたびに引き直して結んでるみたいなもんなんだよ。『ホラまだ穿《は》ける』じゃねぇんだよ！　いつか切れるんだよそんなもんは！　これは一度切れたら二度と戻らない、誰にも戻せないって」

涙が溢れた。

「リオノーラが頭を地に擦りつけて、何度、何度命がけで、必死の思いで言ったと思うんだ……」

硝子杯をダンと置いて眉間を押さえテレーズは涙した。

ジャンが慌ててポケットからハンカチを出してテレーズの涙をぬぐう。

「孫かい？」

「いいや、拾い子だよ」

「ふうん」

「似てねぇだろう」

「どうかね。何食う」

「適当に頼むよ。固いのと粉っぽいのはやめとくれ。死んじまう」

「はいよ」

ちょいちょいちょい、とフーリィが器用に長い棒で『オデン』をつまむ。

「大根、がんもどき、昆布」

「……」

鼻をすすりながらテレーズはフォークを持つ。

ジャンはと見ればまだちまちまと、ひと口ずつ交互に皿の上のものを食べている。同世代に比べたらまだ食が細いほうだろう。これでもだいぶ食べられるようになってきたのだ。

口に運んだダイコンはしみしみと、惜しげもなくその身に含んだ汁を口の中に広げてくれる。熱い汁を流し込み、冷たい酒で締めれば、鼻から細く息を吸って、ため息をつきたい気持ちになる。

ガンモドキ、は面白い。一見何の面白味もないただの茶色のくせに中は白く柔らかく、意外なほどの様々な味わいを染み出させ味わわせてくれる。

コンブ。これはおそらくなくてはならないものだろう。味わい深く、出しゃばらないのにどこまでも懐が深い。

また汁を流し込み、また酒を流し込む。

広がり、鼻の奥を通っていく。

「あぁ……うまいねぇ」

ほろりとまた泣けた。

こんなにうまい酒は久しぶりだった。

あたたかい。

今隣にリオノーラがいたらどんなによかっただろうと思う。

なんて言ってくれただろう。

どんな道を示してくれただろう。

だが彼女は死んでしまった。

あとを頼む、と。

どうか繋いでくれ、彼らの愛を途切れさせないでくれ、と言い残して。ひとつの恨み言も吐くことなく。


全身を針のように刺す強い雨のなか、滅びてしまえと天に向けて若き日のテレーズは叫んだ。

お前たちが理解せず、評価せず、打ち捨てたものがどんなに尊かったか。

愛を失い途切れ滅びる間際に思い出し思い知るがいい。

こんな国、こんな世界、綻んで滅びてしまえと。


「もっと食いなジャン。あんたは小さいんだから」

「無理に食わせんな。その子なりに順番があるんだろうよ。……わかるけどさ」

無理に食わせるなと言ったくせに、フーリィはイナリズシのおかわりをジャンの前に置いた。

「食えるだけでいいよ。余ったら横の婆ぁに食わせな。年寄りは食えなくなったらお終いだ」

「……」

ジャンは喋れない。

こくりと頷き、またちまちまと食べ始める。

「……気の毒だと思うかい」

「いいや」

「……知恵は遅れてないんだ。いや、むしろ賢い。恐ろしいほどに」

びっくりしたようにジャンが顔を上げた。

そういえば面と向かって褒めたことなど一度もなかった。

「……熱いのもらえるかい。あと軽いもの、頼むよ」

「はいよ」

くつくつと煮える汁から魔法のように、老婆はオデンをつまんでいく。

「はんぺん、糸こんにゃく、焼き豆腐」

皿を受け取り、覗き込む。

白い三角、結ばれた何か、白いのに焦げ目のついた四角。

じっとジャンを見た。薄汚れてガリガリだった子どもは、ほとんど同世代の子どもと変わらなくなった。

視線に気づいたジャンがテレーズを見上げて手を止める。

その聡明な水色の瞳が、テレーズの言葉の続きを飢え乾いた者のように必死で待っている。

視界が曇る。

胸が詰まる。

「……賢いんだよジャン、あんたは。いや賢いなんてもんじゃない。天才だ。あたしよりも、リオノーラよりも、立派な転移紋の管理者になれる空間魔術の才がある。……世が世ならね」

「おまちどうさん」

とんと目の前に置かれた酒器を、テレーズは傾けた。

口に運ぶ。

熱い。

薫り高く口に広がり、熱さを保ったまま喉を通りすぎ胃の腑に落ちていくのがわかる。

腹の中が熱い。

杯を持つ手が震える。

「あんたはこないだ小さな転移紋を描いたね。教えてもいないのに。床に描いた紋と箱の上に描いた紋で、ネズミを転移させて落として捕らえた。あたしが『うるさいネズミをどうにかしろ』って言ったから。……何もないところに一から紋を作れる空間魔術師は今この世にはあんただけだろうよ。あたしにも、リオノーラにも、あの時代の他の管理者にもできなかったことだ。……このままこの国の転移紋がすべて途絶えたら、王家はあんたを捕らえて決して離すことはないだろう」

口に出せば熱い酒がますます胸に染み、また、涙が零れた。

「飼い殺されて魔力の最後の一滴まで搾り取られるだろうよ。人間扱いもされないね。……そんな才能なんて、なけりゃいいのに。才能だけあって地位のない奴なんて、都合よく使われていらなくなれば簡単にポイだ」

ごしごしとジャンの袖に涙を拭かれる。

やめとくれ、と顔をそむけた。

「お前はなんであたしのところに来たんだ！　一軒先のあの馬鹿親切なアホ夫婦の子になれば、一生鶏の卵だけ拾って生きていけただろうに！　こんな面倒な大事に巻き込まれずに、ただの人間として生きていけただろうに！」

叫ぶテレーズを、ジャンは水色の目でじっと見ている。

「……あたしはあんたの母親じゃないんだ！　どこへなりとも行けばいい！　あたしのそばにいたらあんた、きっと教えなくたって覚えちまう。きっと見つかっちまう！　もう元気なんだ。歩けるんだ。どうか自分の足でどっかに行っちまってくれ！　あたしは……」

歯を食いしばって嗚咽を飲み込んだ。

「――あんたを、捨て直すことなんかできない」

「……」

小さな体がぎゅうとテレーズにしがみつく。

金の髪から、陽だまりの匂いがする。

細い腕がぶるぶると震えている。

大して優しくもしてやらなかったのに。

怒鳴りつけて、ぴしぴし仕込んで。

あれをやれこれをやれとうるさく言って。

自分の仕事のときは適当にほっぽって。

汚いから洗っただけだ。

腹を鳴らすから食わせただけだ。

寝るから寝かせただけ、つまらなさそうだから本を渡してやっただけ。読めないから字を教えてやっただけ。

リオノーラがテレーズにしてくれたことをもっと荒っぽくして、ただただ同じ家で、ただ一年、過ごしただけだ。

背を伸ばしたまま、テレーズは歯を食い縛って泣いた。

ハン、と老婆が笑った。

「無理な話だねぇ」

「……うるせぇ婆ぁだ」

「お互い様さ」

「……違いねぇ」

沈黙し、やがてふっふっふと互いに忍び笑う。

小さな体を抱き返しもせずテレーズは考える。

この何の力もない、とんでもない才能だけを持った子どもが生きるためには何が必要か。

考えるまでもない。わかっていた。

その才能を必要とされる場所であると。

滅びない世界であると。

古来からある現在の紋を正しく修復し、決して途切れさせないこと。

正しい技を、多くのものに継ぎ担わせること。

そしてそのうえでこの才の重要性、希少性を正しく現在の王と周囲に理解させること。大切に守らせること。

詩的でも抽象的でもいけない。何が見えていて何が必要なのかを、正しく説かなくてはならない。この宝のごとき才を使い捨てにされたくないのならば。

自分は年寄りだ。先に死ぬ。

この子にはこの先同じものを見、互いを理解し合える若い仲間が必要だ。

道はもう、できてしまった。どうしたわけか繋がってしまった。

もうテレーズはこの世界の滅びを願えない。

「とっとと食っちまいなジャン。これからあんたとあたしは旅に出るよ。準備が必要だ」

不思議そうな顔をするジャンの涙を親指でこする。

「婆ぁには婆ぁのやり方があるさ。弱みにつけ込んで、こっちのうまみに変えてやる。いい条件を引きずりだせるだけ引きずり出して、じわじわじわじわいたぶってやろうじゃないか。どうするジャン、旅は苦しいよ。ひとつ所にいられないのは寂しいよ。それでもこのテレーズ様についてくるかい？」

ためらうこともなく子どもは頷いた。

はあ、とため息をついてテレーズは残った酒を流し込む。

「この歳で全国行脚かよ。死んじまう」

「殺しても死なねぇだろうよ、あんたは」

「そうだろうねぇ。まあいいや。ガキどもをピシピシしごいてやろう」

女王の手紙には国の各所の現在の転移紋の写しが同封されていた。

ひどいものだ。あれで道がまだ続いているのが不思議なくらいだ。

でも、中にはまあ見られなくもないものもなくはなかった。

表面上だけ盗み取った技をもとに、それなりに見え、頭を働かせている奴もいないでもないということだ。

だがまだまだ甘い。甘すぎる。

叩き込んでやろう。

思い知らせてやろう。

「愛をね」

くっくっくと喉を鳴らしてテレーズは笑う。

ヤキドーフを食う。ハンペンを噛む。熱い酒が身に沁みる。

ちまちまちまとジャンが続きを食べている。


久々に胸のすくような、いい気分だった。

◇◇◇◇◇

ここは小さなトイスの町。

朝。赤い制服の配達人から、神童と呼ばれたアントン＝セレンソンの父が手紙を受け取った。

裏返し差出人にセントノリスの現学園長の名が記されていることを確認し、封を切らずに穏やかに、無言でアントンに渡す。

アントンの父はこげ茶色の髪と目の中肉中背。母は色白の黒目黒髪で、細い。

父もおとなしい子どもだったらしい。男らしくないアントンを叱ったり、もっとたくましくなれと檄《げき》を飛ばしたりしたことは一度もない。

静かで、本が好きで、いつも休みのときは自室でそっと本を読み、何かを書いている。

その静かな目が、頬を真っ赤に染める息子を包むように見ている。

「いいの？」

「ああ。落ち着いたら出てきて、結果を教えておくれ」

「……うん」

足がガクガクする。

大丈夫、受かっているはずだ。

出題の予想は当たった。数学のひとつをまるまる落としたのは痛恨の大失態だったが、そこ以外はほぼ落としていないはずだ。答え合わせもハリーとした。きっと高得点のはず。例年ならばトップの部類での合格のはず。アントンは実によくやった。きっときっと、絶対に大丈夫。

でももしも、解答欄をひとつずらして書いていたら？　今年はアントン以外が全員満点だったら？

何度も確認したはずの名前を、もしかしたら書き忘れていたら。ハリーとアントンが揃って見落とした出題が、紙のどこかにあったとしたら。

自分の部屋に戻り、後ろ手に扉を閉める。胸がどきどきして、手が震える。

ほかの色々なことを諦めて、何年も、何年もひとりで机にかじりついてその制服を纏い白い門の中に入る夢を見た。その夢見積み重ねた年月と熱量へのセントノリスからの返事が、この中に入っている。

蠟を割る。中身を取り出す。

一枚目の紙は実にシンプル。

最初の行にアントンの名前がある。

そしてその下にもう一行。一度ぎゅっと目をつぶり、徐々に薄目を開けてそれを見る。

『上記の者を本年セントノリス中級学校入学者選抜試験の合格者と認める』


「……」

光。

きらきらとした光の粒が、その短い文から溢れ出しているのが見える。それは眩しく広がってアントンの部屋を満たす。ずっと問題を広げペンを動かして座り続けた椅子が、突っ伏して眠った机が、問題集だらけの本棚が洗われ光り輝く。

扉を開けた。走った。

白い顔でこちらをはっと心配そうに見た母の顔が、アントンの顔を見てくしゃりと歪んだ。

「受かった！」

母の腕に包まれる。父が、歩み寄って背中を撫でる。

「受かった……僕は試験に……セントノリスに受かった！」

叶った。ときに絶望し、暗闇の中泣きながら糸をたぐるように追い続けた、アントンの長年の夢。新しく生まれた、夢に向かって歩く夢。

「受かった……」

溢れた涙が母の服に染み込む。

朝霧を幻想的に輝かせる日差しにはわずかに花の、もうすぐ来るに違いない春の匂いが混じっていた。


霧に満ちたそれでも明るい道をゆく。アントンにしては珍しく走っている。

アントンはハリーの家を目指している。アントンに来たならハリーにも通知が行ったはずだ。

はあ、はあと息をしていると、前から同じく少年が走ってくるのが見えた。

予感にアントンは足を止めた。彼も足を止める。

霧の中、互いの紅潮した顔を見る。その手にあるものを見る。

「『ハリー＝ジョイス』！」

彼が大きな声で言った。右手で白い紙を掲げて。

微笑みながら挑むように輝きアントンを見る青い目を、アントンは確信を持って真っ直ぐに見返す。

「『アントン＝セレンソン』！」

同じく紙を掲げアントンも言った。

すうとふたりして息を吸う。腹から声を出すために。

「『上記の者を本年セントノリス中級学校入学者選抜試験の合格者と認める』！」

ワーッと歓声を上げながら走り寄り互いの肩を叩いて笑いながら抱き合い、勢いが良すぎてバランスを崩し道の脇に落ちる。

草の青い匂いに、ちくちくにカサカサに包まれながら見事にふたりでごろんごろん川辺の坂を転がり落ちて地面で止まり、それぞれ大の字に伸びてやっぱり大声で笑った。

はあ、はあと息をした。頬が熱い。

この町はこんなにキラキラときれいだっただろうか。

アントンは合格通知を空に広げる。

「行くぞセントノリス！」

「ここまできたら行くだろ」

「待ってろセントノリス！」

「学校は逃げない」

横に転がる男の顔を見た。草がついていても、髪が乱れていても、やっぱりハリー＝ジョイスはかっこいい。アントンは笑う。

「忙しくなるよハリー。出発前に一度大きな街に行って指定店で制服を誂《あつら》えないと。靴も、シャツも。外套も。筆記用具も旅行鞄もだ。本当に忙しいよハリー。ああ困ったな大変だ」

「足りるかな金。最悪制服だけでいいや俺は」

「なにかあったときのためにって、おばあちゃんが貯金しててくれたんだろう?」

「そんなんを自分のために使えるか。あるのでいいよ。あっち行ってからいるものは自分で揃えればいい。それも楽しいだろう」

「確かにそれも楽しいね。制服が仕上がったら、ルウ爺にふたりで並んだ絵を描いてもらおうよ。記念に」

「なんか恥ずいな」

「きっと一生の思い出になるよ。絵は家族に預けていけばいい」

「……そうだな」

「……」

そこまで言って、アントンは家族のことを思った。ハリーの家族のこともだ。

「……寂しいかな」

「そりゃ寂しいだろう。言わないだろうけど」

「……そうだね」

はるか遠いところに旅立つまだ子どもの息子を、彼らはきっと笑って送り出すだろう。不安も、寂しさも飲み込んで。きっとがんばれ、がんばれと。

「……でも、行く」

「うん」

「僕は行く」

「俺も行く」

アントンは青い空をじっと見る。この町の空は、本当にきれいだ。

この町を、様々なものを置いて、道の先に進む。この友と一緒に。たくさんの学びに、新しいものに出会いに。夢に向かって。

「ハリー、これから僕の家に来ない？　きっと今日は朝食が豪華だ」

「そりゃすごい。でも家で食うよ。もう用意してくれてたから。置いて走ってきちゃったけど」

「じゃあ食べ終わったらうちに来て。入学要項、まだちゃんと読んでない。いっしょに読んで必要なものの確認をしようよ」

「わかった」

立ち上がる。ふたりとも全身草まみれで、襟から入った草が背中でちくちくする。

ぱんぱんと草を払い、やっぱり顔を見合わせ笑う。たくさんの期待と、ちょっとの寂しさと、達成した高揚感に包まれながら。

きらきら、きらきら。

家までの帰り道、よく知ったはずの風景が輝きながら、アントンを見守っていた。

あわただしく準備を終えて、ついにその日はやってきた。

「準備はいいかいハリー。ネクタイはできた？」

「うーん、たぶん大丈夫だ。一応見てくれ」

「うん大丈夫。流石だね。じゃあ行こうか」

以前よりも片付いたアントン＝セレンソンの部屋。

大きな荷物を持ち上げ、鏡の前のハリーを見てアントンが言う。

「……本当に制服で行くのか？　苦しくないか」

問われ、アントンは微笑む。

「もちろん、皆に挨拶が終わったら馬車の中で着替えるよ。セントノリスまで何日かかると思っているんだハリー。着くまでに大事な制服がくしゃくしゃの土まみれになってしまうじゃないか」

ハリーがぽかんとしている。

「じゃあなんのために……」

「もちろんセントノリスに旅立つ男ふたりのかっこいい制服姿を町の人たちの目に焼きつけるためだよ。どんなに高い壁でも、人は身近な誰かが一度飛び越えたのならそれは『超えられるもの』と認識を改めるんだ。この町から今年は君と僕が越えた。一年にふたりも。旅立つ姿を『かっこいい』『じゃあ自分も』『うちの子も』と思わせてやろうじゃないか。この町から僕たちの後輩を生むんだ。特に君の制服姿が」

「……なんで俺？」

「君は見目がとてもいいからさ。精いっぱいすましたかっこいい顔で馬車から手を振ってくれ！　とてもよく似合ってるよハリー」

ポンと肩を叩いて褒めたたえる。

もちろんアントンは本気で言っている。

深緑の上質な布の制服は、整った顔立ちのハリーを、その野性味まで魅力に変え高貴な王子様のように見せている。

あのあと中に入っていた別紙をよく見れば、ハリーが首席、アントンはなんと三位の成績だった。

『問題用紙を裏返した試験開始の瞬間に吹き出しそうになった』とはハリー談である。

はっきり言って試験内容の大方はアントンの予想どおりの問題だった。

大きな一点を除き、まるまる落とした箇所を思い出してアントンはぎりりと歯嚙みした。

「まさか中級学校の入試に『カルヴァスバルカンの法則』を出すなんて……」

「まだ言ってんのかよ。もういいだろ、終わったんだし」

「あそこまで行ったら読み切りたかったよ。出題者は大人げないな。君はなんで解けたんだっけ」

「前読んだ本の中にあったから。面白いな、と思って、わかるまで一週間はかかった」

「これだから天才は。うん、でもそうだ確かに終わったことだ。首席から三位までは同室だから、ひとまず次回の試験までは一緒だね。よろしく」

「あとひとり同室ってことか？」

「うん、二位の男が一緒だ。役に立つ有能な人間だといいなあ」

「……視点がおかしい」

玄関に飾られた自分たちの肖像画と何度も目が合いながら、よいしょよいしょと馬車に荷物を積んでいく。

大きな馬車は、アントンの父が借りてくれたものだ。

ハリーが家に出入りすることについて父は何も言わなかった。

そのハリーが首席、自分が三位で受かったことを報告すれば。

『よくがんばったなアントン』

父はやはり穏やかに言って、肩を、背を叩いて褒めてくれた。

父とは違う道を行こうとしている、点数で友に負けた息子にそれ以外何も言わずにただ労い、ただ背を押してくれた。

母は微笑み、アントンをやわらかく抱き締め何度でも泣いた。

勉強ができなくなったらもう消えるしかないだなんて、どうして思えたのだろう。アントンはずっと、愛されていた。

過去の自分の愚かさに今更ながら気づき、アントンもまた泣いた。

それぞれの家族、町長、学校への挨拶もしっかりと済んでおり、あとは町を出るだけだ。

町の皆がふたりを門のところで見送ってくれるというので、感謝を伝えるため双方の家族もそちらに行っている。

その門を抜けて、ふたりは今日セントノリスに向けて旅立つ。

「馬車、本当に俺も乗ってってっていいのか？」

「うん。これに関して偉いのは僕ではなく父だから、もし感謝したいなら父に感謝してくれ。セントノリスは遠いよハリー。噂では到着までにお尻が四つに割れるそうだ」

「……嘘だろう？」

ハリーが手を後ろに回した。にっこりとアントンは笑う。

「うん嘘だよ。皆が門のところで見送りをしてくれるらしいから、少し恥ずかしいけれど、挨拶して行こう」

「おう」

奥がいい手前がいいともめることもなく着席した。

ごとんごとんごとん。

田舎町を立派な馬車が走る。

「……」

石で舗装もされていない土の道は、ごとんごとんとおなかに響く。

いつも通った道。

いつも眺めた川。

急な雨に雨宿りをした岩陰。

泣き顔のままでは家に帰れず、うつぶせで寝転んだ大木の影。
どこまでも青い空、古ぼけた家々。
馬車の外をいつもの見慣れたものが走り抜けていく。
町の門が近づく。
「……」
目を見開いてアントンは外を見た。
町中の人が集まっているのではないかと思った。
その手に手に紙を持っている。
『がんばれアントン＝セレンソン』
『がんばれハリー＝ジョイス』
『がんばれトイス町の神童たち』
「「がんばれー！」」
皆が口々に。
声を揃えて。
笑って。
手を振って。
父がいる、母がいる。同級生が、ご近所さんが、校長が、町長が、みんなが。
「「がんばれー！」」

『セントノリスに旅立つ男ふたりのかっこいい姿を町の人たちの目に焼きつけるためさ』

アントンはそう言った。偉そうに。

どこか、ひとりで成し遂げたように思っていた。

本当に馬鹿だったなあ、と思う。

ずっと愛されていた。

いつも包まれ励まされていた。この町に。

自分は本当に視野の狭い、大人ぶっただけの子どもだった。

「ぐ……ぅ……」

「がんばれアントンもうちょっと。行ってきまーす！　ありがとう！」

窓から身を乗り出し、ふたりは手を振る。

アントンは振っている手とは逆の手で自分の足をつねっている。

「ううう……」

「もうちょいだもうちょい、あとちょっと」

がらがらがら。

やがて馬車は遠ざかり、人々の顔は消えた。

「っ……うぅぅ……」

歯を食いしばって嗚咽するアントンを、直視しないようにハリーが外の風景を見ている。

「ぐ……」

「……もう普通に泣いちゃえよ」

「……僕だって男だ……ううっ……ぐ……うぅ」

「男なぁ」

ハリーが微笑む。

アントンは変な顔で泣いている。

窓から入る風が気持ちいいとハリーは目を細める。

「いいじゃないかアントン。泣けるほど大事な故郷。羨ましい」

「……君も泣いたっていいんだよ」

「俺はまだここの歴史は浅いからな。羨ましい」

「……クールな君が悔しくてなんだか涙が引っ込んだ。もう着替えようか」

「窓が開いてる」

「目隠しできるさ。先は長いよ。せいぜいだらけてくつろごう」

「四つに割れないようにな」

「そうとも。そんなの不便で仕方がない」

涙をハンカチでぬぐいながら笑い、窓を閉める。

アントンは顔を上げる。


今日は始まり。

夢への道はまだまだ、遠くて長いのだ。

◇　◇　◇　◇　◇

「忘れ物はないか？」

「はい、先生」

にこにことラントが笑っている。

先日セントノリスから合格通知が来た。

『二位だと!?』

このラントがとヤコブは目を見開いた。

ラントよりも賢い子どもがいるということだ。ヤコブは驚愕した。

まさかの出題カルヴァスバルカンの問題も解いたのだろう。でなければラントを抑えて一位などありえない。

それにちょっと今回ヤコブは出題の予想を外した。十年分の過去問はさらったものの、まさか十九年前の出題を前提にさらに捻ったものが出てくるとは予想外だった。

どこにそこまでさかのぼって対策を立ててくる人間がいるだろう。もしいたとしたら恐ろしいほどの執念深さである。どれほど研究しようが満点だけは取らさん、という強い意志を感じさせるなかなかに性格が悪い出題者も、読まれないことを前提に出しただろう。

まあいい。終わったことだ。二位。素晴らしい成績ではないか。

驚くほど少ない荷物を背負ったラントにヤコブは向き直る。

「……学校は勉強をするところだ。だが、人がたくさんいる、社会の縮図でもある。どんな奴が好きでどんな奴が嫌いか、外にではなく自分に問うのだぞ。嫌いな奴を陥れるために、自分の品位を落とすことだけはするでないぞ。友達はたくさんじゃなくていい。互いに尊敬し合い、尊重し合い、優しい思いやりを示し合える相手を探すのだぞラント。相手が泣いているときに、涙が止まるまで誰も寄せつけないようにあたりを見張っておいてやろうと思える相手を。自分が泣いているときに黙ってそうしようと自分に思ってくれる相手を」

ラントが瞳を輝かせ、真っ直ぐにヤコブを見上げる。

「うん先生、そういうのなんていうか知ってるよ。パルパロ分《わけ》の友だ」

「わかってるならいい。面白い本があっても、飯を抜いたりするなよ。三食ちゃんと、野菜も食べるのだぞ」

「うん」

「なにかあったら手紙を書くのだぞ。中央には行き慣れている。いつでも駆けつけよう。お前の出自や、生い立ちを知り、お前を悪し様に言うやつもいるかもしれない。そんなくだらないものを気にする必要なんかない。だがしかし心寂しくなったらいつでも私に知らせなさい。お前はひとりなんかじゃない」

「大丈夫だよ先生」

にっこりとラントは笑う。

「僕はサーヴァド族の子だ。サーヴァド族はどこにいたって強く生きられる。誰にもその誇りを傷つけることなんかできないんだ」

太陽のような笑顔を見てヤコブはじーんと胸が熱くなった。


戸籍上の父になったヤコブを、ラントははじめ父と呼ぼうか迷っているようだった。

ヤコブはそんなラントに、自分のことはこれまでどおり『先生』と呼ぶよう強く伝えた。

ラントの父は生涯トゥルバ＝テッラただひとりだ。聞けばトゥルバは思った以上にまだ若く、決まった奥さんもいないのだという。

水べりに捨てられていた赤子のラントをひょいと拾って帰り、名をつけ、実の子として立派なサーヴァド族の子に育て、そして子が望むならば黙って見送ると決めた。

あんなに立派な父親はいない。ラントの父親は生涯彼だけでいい。

その代わり自分は師だ。誰が何と言おうとこの賢い子の師だ。

これからラントはたくさんのものに出会うだろう。素晴らしい同い年の友人たち、ヤコブよりも若く立派で頼りがいのある師。

だが自分はラントの最初の学問の師だ。誰が何と言おうと、それだけは譲れない。

誰が忘れようと、ヤコブだけは生涯それを忘れない。

ヤコブは大地に宝を見出した。そして宝はさらに輝いて、今日ヤコブから旅立つ。

これが最後かもしれない、とヤコブは教え子の姿を目に焼きつけようとじっと見つめる。子どもと爺さんに流れる時間は違う。

ラントにはこれから目まぐるしいほどの速さの時間が嵐のように訪れ、ヤコブの残りの時間はますます何もなくのっぺりと過ぎ去り、それらが擦れ違うことのできる瞬間はきっと少ない。

それでいい。置いていくもののことまで考えなくていい。

襲い掛かる嵐だけをまっすぐに見据え燃え上がる炎の玉のように進む。それこそが若者の仕事なのだから。

後ろなんて振り向かなくていい。それは失う日まで忘れていていい。失った日にほんの少しだけ、思い出してくれればそれでよいのだ。

「……体に気をつけて。トゥルバ＝テッラのところに泊まってから行くのだな」

「うん、一日泊まって、それからセントノリスに行く」

「トゥルバ＝テッラにもよろしく頼む。ああ、土産に酒を一本持っていっておくれ」

「わかった」

「書類は大丈夫だな」

「革と油紙に包んであるよ」

「よし。……気をつけてな」

年寄りはそんなことしか言えない。

目がじんわり潤むのをヤコブは自覚している。

ラントが馬に飛び乗る。

ラントの大切な愛馬だ。セントノリスにも厩舎はあったはずだが、何しろ都会のことだ。果たして入れてもらえるかなとヤコブは少し不安である。

「先生」

「うん？」

「僕には立派な父と立派な祖父がいる。太陽の下で力強く生き方を教えてくれた父と、月の下で優しく学び方を教えてくれた祖父だ」

にこにことラントは笑う。

「行ってきます。先生も体に気をつけて。監視人のお仕事、無茶はしないで。今度は長いお休みに、僕のパルパロ分の友を連れて帰ってくるよ。自慢の家族を紹介するんだ」

ヤコブの両の目からぶわっと涙、ついでに鼻水まで噴き出した。慌ててハンカチで押さえる。

「行ってきます！」

ラントが駆け出す。光の中へ。

軽やかに消えていった若々しいその美しい姿を、ヤコブは濡れたハンカチを振っていつまでも見送っていた。


少しだけ昔話をするならば、ラント＝ブリオートは捨て子である。

大地の上にあるものは全て地の神ヴァドからの恵みであるという教えを守り、サーヴァド族トゥルバ＝テッラは地面の上の、落ちている今にも干からびそうだった赤子のラントを拾い上げ、持ち帰った。

昼間トゥルバが仕事のときは別の家族に預けられ貰い乳をし、夜はトゥルバと共に寝、泣けばパルパロの乳を飲んだという。

トゥルバはラントの自慢の父だ。誰よりも上手に馬に乗り、流れるようにパルパロを、水を操る。背が高く、目がよく耳がよい。年に二回大会が行われる格闘技トゥハタハの現役王者でもある。だからといって乱暴かといえばそんなことはなく、彼の生き物に向ける愛情は深く、その手つきは誰よりも優しく適切だ。

父のようになりたいとラントは幼い日から憧れていた。その入れ墨の入った大きな背中に背負われながら、ともに歌いながら、父の子であることの幸せを噛みしめていた。

ある日ラントはトゥルバに問うた。

『どうして僕にはお母さんがいないの？』

『お前は大地の子だからだ』

『？』

『母はいない。ヴァドがお前の母だ』

『？』

そのときはわからなかった。

『どうして僕の髪は黒くないの？　肌の色がみんなと違うの？』

『お前は大地の子だからだ』

『？』

やっぱりわからなかった。

真実を、なんでもないことのように教えてくれたのは最年長のおじいさんだった。

トゥルバが父ではない。ラントはトゥルバの子ではない。あまりにも衝撃的な話だった。だくだくと泣きながらパルパロに乗って彼らに草を食べさせるための遠乗りに出た。どんなに悲しくても、彼らを飢えさせることだけはできなかった。冬を超えるために、彼らは今のうちに太っておかなければならない。


『何を泣いてるの？　ラント』

行く途中で黒髪の少女がラントに声をかけた。

ラントが幼き日預けられていた家の、同い年の女の子カフランギ＝アッラだ。大人びていて、真夏の夜の湖みたいにきれいな目をしている。

涙と鼻水を隠すことなくラントは彼女を見た。

『……僕はお父さんの子じゃなかったんだ、カフランギ』

『何を言っているの。あなたはトゥルバ＝テッラの子どもだわ』

『違うんだよカフランギ。僕は地面の上に落っこちていた子だったんだ』

『もしそうだとしてもトゥルバがヴァドより受け取り自分の子にすると決めたのなら、あなたはトゥルバの子よ。あなたは食べ方も、歩き方も、馬の乗り方も、カパ・マカの踊り方も歌もみぃんなトゥルバにそっくりだわ。トゥルバはあなたを好きで、あなたはトゥルバを好き。地に落ちていたことを後悔するの、ラント。拾われたことをなかったことにしたいの、ラント。それならばトゥルバに頼みなさい。ヴァドの恵みを捨て、自分をヴァドに返してくれと。きっとトゥルバは受け入れるわあなたが大好きだから。そうしてから本当の親を探しに行けばいい。この地の上にトゥルバ以上にあなたの親である人間なんていないけれど』

『……』

ずっ、と鼻をすすりラントは考えた。

考え、考え、そして目をぬぐって微笑んだ。

『全て君の言うとおりだカフランギ。僕は間違いなくお父さんの子だ。お父さん以外の僕の親なんて地の上のどこにもいやしない』

『そうよ』

『ありがとう。うん、これは不幸なことじゃないとても幸運なことだった。気づかせてくれてありがとう』

『いいわ』

『それじゃあ』

パルパロに揺られながら、ラントは徐々にその顔を上げた。

すうと息を吸い、高らかにカパ・マカの勇ましい歌を歌う。

ラントは生き方のすべてを父から教わった。

髪の色が違っても、肌の色が違っても、ラントはラントを拾いラントと名づけた父の息子だ。


『マッ・カッ・ラ――――！』


一番最後の部分を父そっくりに高らかに歌い上げ、ラントは最後の涙を拭った。

夕日が地平線に美しく消えていった。


「ラント」

セントノリスへの旅立ちの朝。

荷物を整えているとカフランギ＝アッラがラントに歩み寄った。

女の子の成長は早い。もともと大人びている子だったが、すっかりお姉さんだ。

「カフランギ。見送りに来てくれたの？」

「いいえあなたを見限りにきたの。私の未来の夫として」

ラントはカフランギを見つめた。

彼女はすでに額に、小さな入れ墨を入れ始めている。我慢強さの象徴だ。

真っ直ぐなカフランギの黒い目が、ラントを射抜く。

「何年も戻らないのね？　ラント」

「うん。最低三年。一番長くて、一生」

「そう。私は早く入れ墨を入れ大人の女になって夫を迎え、たくさん子を産まなくてはいけない。帰るかわからないあなたのことをいつまでもは待てない」

「うん」

「だから今日見限るわ。わたしの未来の夫として」

「うん」

それ以上続けないラントに、カフランギの黒い目が潤んだ。

「どうして外になんて行くのラント。ヴァドの名を捨てるの」

「ヴァドの名を捨てても、どこにいても僕はサーヴァド族だ、カフランギ。僕は学びたい」

「ここにいればヴァドがすべてを教えてくれるわ」

「そうかもしれない。でもヴァドですら知らないことが、この世界にはたくさんあるみたいなんだ」

「……」

「地の先を、世界の広さを僕は知りたい。知らないものを知りたい。知らないもの同士が出会う瞬間を数多くこの目で見たい。すべてを見たうえでやっぱり、ヴァドの教えこそがこの世の全てであり正しいと、いつか僕は戻ってくるかもしれない。でもそれは、外に行ってからじゃないとわからないことなんだ。だから僕は外に出る。世界を知りに行く。幸せに、カフランギ。君は気高く、優しく、とてもきれいだ」

彼女は目元を拭った。強い目に新しい涙は浮かばない。

「わかった。わたしは潔く、あなたを見限る。強きサーヴァド族の女として、多くの子を産み、強く生きられるように賢く育てる」

「うん。カフランギならできる」

「さようなら。幸せにラント」

「さようなら」

手を合わせ、別れの礼をして、そうして別れた。

ラント＝ブリオートは捨て子である。

だが、拾われ子である。

たくさんのものが彼を助け、彼を拾い、彼を育てた。今日も微笑んで、彼は迷いなく前を向き知に進む。

「マッ・カッ・ラ――――！」

澄んだ歌声が地平線に吸い込まれ消えていった。

◇　◇　◇　◇　◇

アステールの首都グランセントノリア。

女王のおわします石畳の街を、頬を染めて上を見上げ、ふたりの少年が歩く。

「……」

「……」

口を開けて声もない。

おのぼりさん丸出しの姿を隠すこともない、セントノリス中級学校の深緑色の制服に指定の茶の外套を纏った少年たちを、街の人々は遠巻きに微笑ましそうに見ている。

「……ついに来たね」

「……ホントに遠かったなあ」

馬車には荷物だけ先に寮に届けてもらうようにお願いして、街への第一歩は足で踏みしめた。

頬を真っ赤に染め、はあ、とアントンは白い息を吐く。

「空気まで違うよハリー」

「そうか？　トイスのほうが空気はうまいと思うけど」

「気持ちの問題だよ」

「へー」

店先に並ぶ彩り豊かな数々のものたちを、少年たちは頬を染めて見る。

「こんなに物があったらいくらお金があっても足りないね」

「俺の手持ちじゃハンカチ一枚も買えない気がする」

「夢を貯めておこうよ、ハリー。いつかこれを買ってやるって思えば、見ているだけでも楽しいよ」

「そんなもんかなあ」

ああでもないこうでもないと話しながら、ふたりはセントノリスに向かった。


広い寮の一階、一番南の部屋が一号室だった。

容赦なく成績順で割り振られる部屋は、一号室から五号室までは同じ作りらしい。

三年の一号室になるととんでもなく豪華な部屋になるというが、嘘か誠かは入ったものにしかわからない。

思ったより狭くない部屋には左に二段ベッドがひとつ、右に普通のベッドがひとつ。

間間《あいだあいだ》に机が三つ。真ん中にテーブルがひとつ。

ちりひとつなくきれいに整えられ、新入生を待っていた。

「もうひとりが来たらベッドと机をどれにするか決めよう。今のうちは適当に使おうね」

「おう」

それぞれの荷物を置きながら、アントンは感慨深く部屋を見つめた。

「本当に来たんだ」

ずっと学校紹介を撫で続けたその場所に。

アントンは今日、入ったのだ。一員として。

「もうひとりはいつ来るんだろうな」

「さていつだろう。入学式まではまだ時間があるからね。僕たちはかなり早いほうだよ。だっていろいろやることがある。僕は図書館に入り浸って書を写す。セントノリス伝統の素晴らしい仕事だよ」

「仕事していいのか!?」

びっくりした顔のハリーに、あれ、まだ言っていなかったっけとアントンは思った。

うん、言ってなかった。

「学業が疎かにならない程度の仕事は認められてる。でも僕たちはまだ子どもだから、外で働こうにも賃金は安い。そこで書の写しだハリー。専門書は高価だから、写しもかなりの高額で買い取ってもらえる。著者がそれを認めた本に限り図書館から持ち出さず写しをとることは禁じられていない。知は秘めるべきではなく共有すべき財産だとセントノリスは認めているんだ。希少な本を正確に美しく、できるならば注釈をつけて、写して貸本屋に売るんだ。勉強にもなって一石二鳥。君もやる？」

「やる。金は自分で稼がないと」

「金持ちには貧乏人めと馬鹿にされて笑われるよ」

「いいよ。俺が貧乏なのは紛れもない事実だ。隠すほうが馬鹿馬鹿しい」

「気持ちのいい男だね、君は」

アントンが笑ったところで。

こんこん、と扉がノックされた。

「どうぞ」

アントンが答えると、かちゃりと開く。

童話に出てくる妖精のような子だなとアントンは思った。

ふわふわくるくるの薄茶色の髪に、琥珀色の瞳。

背はおそらくアントンと同じくらいか、もしかしたらもう少し低いか。

白い肌はほっぺただけ赤い。

緊張しているようなのに目は好奇心で輝き、きらきらとふたりの少年を見つめている。

「一号室に入室する、ラント＝ブリオートです。よろしくお願いします」

ぺこりと頭を下げ、顔を上げ、またきらきらとふたりを見つめる。

発音にほんの少しだけ不思議な訛りがあった。

「ハリー＝ジョイスです。……敬語でなくてもいいか？　ラント。同級生だし」

さすがハリー。失礼でも押しつけがましくもなく、実に友好的である。

ハリーの言葉に、ぱぁっとラント＝ブリオート君の顔が明るくなる。

「うん、いいよ」

にこにこ笑うとさらに眩しい。

ラント＝ブリオート、なんたる逸材、とアントンは感動していた。

かっこいいハリー＝ジョイスに可愛らしいラント＝ブリオート。そしてそれぞれ首席と二位

の秀才。

いい。素晴らしい。実にいい。

逸材である。女王の駒の。

「……アントン＝セレンソンです。これからよろしく」

心の乱れをなるべく表に出さないよう努めながらアントンはあいさつした。そんなアントン

をハリーが横目で見ている。たぶん何を思っているか彼にはばれている。

「よろしく」

にこにこ笑う。

うん、実にいい。

「じゃあ配置を決めちゃおう。ベッドどこにする？」

「僕、上でもいい？　こんなの初めて見た」

ラントが嬉しそうに言う。

「いいよ」

「じゃあ俺これでもいいか？　一個のやつ」

「いいよ。じゃあ僕はラントの下だ。机はそれぞれ近いのを使おうか」

「おう」

「うん」

もめることもなくあっさり配置が決まった。

「あとで食堂に行こう。三食付きって嬉しいね」

「タダだしな」

「学費に含まれているんだよ」

「そうなんだ！　楽しみだなあ」

それぞれの荷物をクローゼットに押し込んで、それぞれ本を机に並べて、なんとなくベッドに寝転んでみたりしてまったり過ごしているところに。

こんこん、とまたノックの音がした。

「どうぞ」

わずかな沈黙のあと、かちゃりと扉が開いた。

私服。高価そうな生地の立て襟のシャツにタイを締め、金の髪を神経質なほどきれいに後ろに撫でつけた、ハリーと同じくらいの背の少年だった。

これまた神経質そうな目が、ギラギラと憎しみを宿して一号室を飢えたように睨みつけている。

「二号室のフェリクス＝フォン＝デ＝アッケルマンだ」

「なんて？」

『貴族だよハリー。敬語敬語』

アントンは囁いた。

そして如才なく微笑み一歩前に出る。

「アントン＝セレンソンと申します。フェリクス＝フォン＝デ＝アッケルマン様。このたびはこの伝統ある学舎セントノリスにて同級となれましたこと、誠に光栄でございます」

「……学園の門をくぐれば王以外は皆同位。へりくだった態度はやめてもらえるか」

へえ、なかなか話のわかる貴族じゃないかとアントンは感心した。

まあ口に出すほどすんなりと心は思っていないのだろう。むき出しの額がぴくぴくと痙攣《けいれん》している。

気持ちはわかるよフェリクス＝フォン＝デ＝アッケルマン君とアントンは心の中で深くうなずいた。ここに入った者は一部の天才を除き皆、これまで様々なものを犠牲にして必死で勉強してきた者たちだ。誰だって、誰にも負けたくないと思っているに決まっている。

成績順に部屋を振り分けるこのやり方は、本当に残酷だなとアントンは思う。どの部屋に暮らしているかで、学年での地位が一目瞭然なのだから。

フェリクス＝フォン＝デ＝アッケルマン君は自分こそ一号室に入ると信じて疑わなかったのだろう。気になって気になって、隣から聞こえる声にわざわざ高貴なおみ足を運んでしまうほどに執着していたのだ。いやひょっとしたら挨拶に来るかもしれないと待っていたかもしれない。そうだとしたらずいぶん可哀想なことをしてしまった。

貴族のみに門戸を開く別の学園に進まなかったのは何か訳があってのことか、あるいは家の誰かがセントノリスの出身か。

自分を一号室から追い出すとしたらこの男だろうとアントンは思った。執着は、良いほうに動けば人を成長させる。セントノリスに執着したアントンのように。

「では親しみを込めてフェリクスと呼ばせてもらう。ちなみにフェリクス、失礼な質問で恐縮だけど数学は何点だった？　ぼくはカルヴァスバルカンをまるまる落として、あとほかでポカを一回やらかして百八十八点だ」

「……百八十九点だ。カルヴァスバルカンは部分点だった」

アントンは目を見開いた。

こいつ、できる男だと。

一気に頰に熱が上がるのをアントンは自覚している。

「素晴らしいね！　相当勉強してきたんだろう？　貴族ならばほかの道からでも入れただろうに！」

「失礼なことを言うなアントン＝セレンソンとやら！　アッケルマンは汚い手を使う家ではない！　常に正々堂々、戦場で雄々しく戦い名を上げた先祖が築いた家名であるぞ！」

「その言い方！　素晴らしい！　実に素晴らしい！　もっと君と語り合いたい！　二号室はもう誰か入ったかい？」

「……まだだ。……僕としたことが浮かれて、つい早く来てしまった」

乱れてもいない髪をかき上げ照れくさそうに言うその顔にアントンは悶絶した。

ここにも逸材がいた。ギャップというのは実に素晴らしい。

まなじりが吊り上がり三白眼に近しく神経質そうな顔立ちだが、寝不足らしい隈と眉間の険を消せばまあ涼しげとも言えなくはない気高さがある。

ベッドはどこを使ってるんだろうなとアントンは思った。

これでひとりでウキウキ二段ベッドの上を使っていたらもう逸材すぎて涙が出る。

平民が要職につく機会が増えたとはいえまだまだ身分制度が消えていない昨今、貴族とのつながりはあるに越したことはない。

「ハリー、ラント、夕食に彼を招いてもいいだろうか」

頬を染めてアントンはハリーとラントに振り返る。

「何が招くだ。食堂だろう。横で食うだけだ」

「うんいいよ。たくさんのほうが楽しいもの」

「夕食一緒に行こうフェリクス！　ちなみにベッドはどこを使ってる？」

「そこまで言うなら行ってやらないこともない。二段ベッドの上だが」

「つかー！」

アントンは額を押さえて悶絶した。

ラントがにこにこし、ハリーがやれやれという顔で本をめくっている。

こうしてセントノリスの楽しい学園生活は始まろうとしている。

十五皿目　星降る夜の王女

今日も今日とてお狐さんを睨んでいる。

今日のがんもどきは若干汁多めである。

なんとなくである。

パン、パン。


夜。

白い石畳に、鏡のように星を映す大きな四角い池が見える。

きらきらと瞬き今にも降ってきそうな星空が、上と下にある。

「……どうして今日はいつもの姿じゃないの？」

「あ？」

幼い声が響き、小さな影が物陰から春子に歩み寄った。

小学校一、二年生くらいの少女である。

全身で星の光を反射させながら、何やら不満そうに頬を膨らませている。

「今日はあなたと鬼ごっこをしようと思ったのに」

「無理な話だね」

やたらときんきらした豪華な服を着た色白で金髪の少女に、ハンと春子は鼻を鳴らした。

星の光のなか、深い緑色の瞳でじーっと少女が皿を見ている。

「……みんな茶色いわ」

「おでんだからね」

「オデン……」

おそるおそるフォークをはんぺんに突き刺す。

びっくりしたように肩を上げる。

「ふわっとしたわ」

「はんぺんだからね」

「ハンペン……」

おそるおそる、といったふうにひと口に切ったものを口に運び、驚いたように目を見張った。

もぐもぐと噛み、ごくんと飲み込む。

「……しゅわっとしてあたたかいわ！」

「おでんだからね」

春子との間にほかほか上がる湯気を、少女は呆然と見ている。

やがて子どもらしくもない、大人びた微笑みを浮かべた。

「……あたたかい料理なんて初めて。わたしのところにくるころには、みんなすっかり冷めきっているから」

「へえ」

「あたたかい、っておいしいのね。おなかがぽかぽかして、とても幸せな気持ちになるわ」

「そうかい」

石の建物に囲まれた夜の中庭。

隙なく綺麗に整えられた木々からは虫の声すらも聞こえない。

くつくつくつ、とおでんが煮える。

「……あのね、とても残念なのだけれど、明日からあまり来られないかもしれないの。これからはずっと、夜までみっちりお勉強になるんですって」

「ふうん。大変だね」

「仕方がないわ。お兄様が天の国にお渡りになって、父の子はもうわたしだけだもの。……仕方がないわ。国を出られなくなったからリチャードとの婚約もなくなったのですって。お人形遊びは子どもの遊びだからもうやってはダメなのですって。……仕方がないわ」

自分に言い聞かせるように言いながら、緊張しているような白い顔で、それでもおでんを食べている。

「スプーンはないの？」

「口つけて飲みな」

「あまりにも下品ではないかしら」

「そういうもんだよ」

躊躇《ためら》ってから少女は皿に口をつけ、汁を飲んだ。

ぽっとその頬が赤くなる。

「おいしい」

にっこりと今度は子どもらしい顔で笑った。

そして春子を見て、今度は肩を落とした。

「……あたたかくておいしいけれど、やっぱり今日は鬼ごっこをしたかった。わたしには走って遊べるお友達は、あなたしかいないのに」

「そりゃあ残念だったねえ」

「今からでも戻れない？」

「なんの話だか」

ふんと息を吐いた春子に、少女は残念そうな顔をする。

「そういうものなのね……残念だけど仕方がないわ」

大根を小さく割り、お上品に口に運ぶ。

汁を飲む。

ほうっと息を吐く。

「あたたかい……あたたかくて優しい。ああ、わたしはこんな風になりたい」

フォークを置き、小さな手のひらを胸の前で祈るように合わせた。

「あなたには言っておきましょう。わたし、きっとこの国をいい国にするわ」

「へえ」

少女の目が潤む。

「この前戦争から帰った兵士を見たわ。皆、痛そうな、苦しそうなこわい顔をしていた。わたし、この国を戦争のない国にするわ。戦いたくて戦っている人なんていないはずだもの。痛いのもこわいのもみんな、いやに決まっているもの。他の国とはちゃんと仲直りして、そんないやなものはきっとやめてしまうの」

「ふうん」

ちょんとつまんで稲荷を置いた。

ちょんとそれをつついて少女は笑う。

「それから国中を食べられるものでいっぱいにするの。おなかの空いた人なんていない国にするわ。みんなおなかいっぱいで、うれしくて、おいしくて、楽しくて笑うの。いつも鳥のように歌を口ずさんで、楽しくダンスを踊るのよ。にこにこにこにこ、みんな楽しそうに。幸せそうに」

「……」

頬を染め少女は続ける。

「リチャードとのことは残念だったけど、わたしはきっと別の素敵な方と結婚して、仲良く暮らして、その方の子どもをたくさん産むの。乳母になんか預けないわ。自分のお乳で育てるの。きっと優しい子、賢い子、ううん少し意地悪だったり、怒りんぼな子もきっといるわ。わたしはみんなをそれぞれ愛するの。みんなを大切にする。だってみんなわたしの子だもの。みんな可愛いに決まっているわ」

「……そうかい」

にこにこと少女は幸せそうに笑う。

「明日からお勉強、たくさんがんばるわ。わたしはお兄様の代わりに、王になるのだもの。国民の父にして母になるのだもの。誰よりも強く、賢く、美しくならなくては。国民自慢の女王にならなくては。きっと皆を幸せにする女王になるわ。わたしは大きな宝石も、金色の豪華な服もいらない。質素な麻の服に花冠をつけて国民の前に立つの。皆を愛し、微笑んで語りかけるの。皆がきっとわたしを見てにこにこ笑うわ。皆がおなかいっぱいで、寒くもなく、怪我もせず。幸せに歌いながら、踊りながら。たくさんの花びらをわたしに投げてくれる。きっとそうなるわ。そういう国にするわ。たくさんお勉強して、世界一幸せな国民に囲まれた、世界一幸せな女王になるの。わたし、そうなるように、きっとがんばるから。どうか、どうか見ていてね。約束よ」

「……」

春子は汁をかきまぜる。

少女は微笑みながら、ひと粒だけ涙を落とした。

しんしんと星が瞬いている。

やがてきれいに皿の上のものを平らげ、少女は席を立った。

「ごちそうさま。とてもおいしかった。あたたかさを、教えてくれてありがとう」

星の光の下、少女は夢と希望、不安の混ざった顔で微笑み、何かを振り切るようにゆったりと礼をする。

「ごきげんよう」

白い石畳に、長い影が伸びていた。


目を閉じ開けば、いつものお狐さんの前だった。

色褪せた前掛けが風に揺れている。

がんもどきはさっき置いたままである。

「……で？」

お狐さんを睨みつけ、やっぱりなにも言わないので、今日も春子は屋台を引いて仕事に向かった。

◇　◇　◇　◇　◇

王宮侍女のテレザは中庭を見て眉を寄せた。

星空の下、少女の影が走っている。

高貴なお方といえまだ子どもなのだ。外ならば咎めようも、他の何者も入れないよう固く警備された王宮の中央の庭ならば、見なかったことにして差し上げるべきである。目を開けていても何も見ないこと。それもまた侍女の務めである。

だが、その高貴な影と戯れるように、何かもうひとつの影がある。

テレザは老いた目をしょぼしょぼさせ、指で眉間を押さえた。最近視力も下がってきたように感じる。特に小さいものが近くで見えない。

潮時、というものを感じる。かつてはこの世にそのようなものがあることも知らなかったテレザだが、こうも体が重く、いつもどこかが痛いような年になればそれはもういつも目の端に、幕のようにひらひらと靡《なび》いている。あとはいつそれを引くかの問題だけだ。

先王の時代からテレザは王宮に勤めている。現王の子ども時代から知っている。お小さい頃から苛烈で、ときに驚くほど冷淡で、残酷な。だがしかし人の目を惹きつけてやまない不思議な激しい魅力のある少年は、今やこの国の王となりその名を轟かせている。

王に子は三人。だがしかし長男は赤子の頃にこの世を去り、次男は気性が優しいが病弱。ただひとりの姫様だけが活発で聡明で、健康である。

三人の母である王妃もこのところ体調が優れない。そのような憂いがなければもうテレザはとっくに職を辞していたように思う。

激しすぎる人間は、周りのものの命を吸うのかもしれない。不敬にもテレザはそんなふうに思っている。

もう一度テレザは中庭を見た。

可愛らしい少女の影に、動物の影が寄り添ったり、離れたり。

楽しそうにくるくると交わってそれらは鬼ごっこに興じている……ように見える。ありえないが。

厳重な警備をかいくぐり王家の中庭に入り込む動物がいるだろうか。もしもいたとして、姫様と鬼ごっこをするだろうか。あんなに楽しそうに。

声も掛けられないまま立ち尽くす。星の光に浮かび上がるふんわりとしたしっぽが見えたとき、テレザは察した。

「ああ……」

聡明なる姫様。

そのまだお小さい肩に見合わぬたくさんの重たいものを、これからそのか細い骨が軋むほどに載せられるだろう、悲劇の姫様。

テレザの憂い、悲しみが、星の光に浮かぶその美しき光景に、すうっと軽やかになった。

天がついておられる。

大いなるものが、きっとあの方の歩む道をお守りする。

溢れ出した涙をテレザは押さえた。

「感謝いたします……」

テレザはそっと膝をつき天に向かって礼をした。

見られていることに気づかないまま、少女と何かの影は、星空の下楽しげに遊んでいる。

◇◇◇◇◇

今日も今日とてがんもどきを供えている。

皿を欠け茶碗から小さな月の絵柄の入ったものにしてみた。こちらも欠けているが。

パーン。

パーン。

力を入れて二度柏手を打ち顔を上げれば。

いつものお狐さんの前だった。

「……ふうん」

澄ましたような顔のお狐さんを見下ろし、にやり、と春子は笑った。

凄みのある顔で笑いながら、ふん、と鼻から息を吐く。

「疲れちまったってか。いいよ。いつまでもゆっくりしてな」

ふっふっふと笑いながら屋台を引いて、春子は今日も仕事に向かった。

ひゅるりと風が吹き、お狐さんの前掛けがひらひら揺れた。

《了》

おまけの一杯　少年たちの夏休み

これは少し先。セントノリスの、夏休みのお話。

「ハリーとアントンは、夏休みは帰らないの？」

真ん中のテーブルでみんなでおやつを食べているときにラントに聞かれ、アントンとハリーは目を見合わせた。

「トイスは遠いんだラント。馬車代がすごいんだよ」

「時間もかかるしな。今年は年末だけにするって言ってある」

「へえ」

ラントがふたりを見ながら、何かを考えている。

「じゃあふたりとも、一緒に僕の家に行かない？」

「どうやって？　ラントは馬で来たんでしょう？」

「馬術部の倉庫に使われてない馬車があって借りられるらしいから、引いていけるよ」

「タダで行けるってことか？」

「馬車代はね。途中の宿代はかかるけど」

ハリーとアントンはまた目を合わせた。

お互いわくわくして、目がキラキラしていることを確認するだけだった。

「「行く！」」

そうなった。


旅は楽しかった。

お金がないから泊まれる宿は古かったり狭かったりしたけれど、それもまた目新しくて驚きがいっぱいで、ずっとわくわくしていた。

ことこと揺れる馬車をラントの馬が引いて、ハリーは本を読んでいて、アントンは馬を操るラントの背中を、流れていく景色を見ながらふたりに話しかける。ときどき休んで、ごはんを食べて、ふたりして馬の操り方をラントに教えてもらって、冷たい水を飲む。

夏の光がキラキラ輝いていて、ずっと眩しかった。

青い空を見上げ車輪の音を聞きながら、頬に風を感じながらアントンは、ずっとこのふたりと旅ができたらいいのにと思った。

それでも旅というものはやっぱり始まりがあり、終わりがある。

やがて三人はラントの故郷に降り立った。

光のなか小さな木の家の前で、老人が手を振っていた。

ヤコブ＝ブリオートは感心していた。

ラントの連れてきた少年たちの性質のよさにだ。

礼儀正しくてあいさつも目を合わせてしっかり。中央の名物というお菓子を持参し、三人でお金を合わせて買ったというペンまでプレゼントしてくれた。

まだ入学して数月だというのに子どもというものはすごいものだ。生まれてからずっといっしょにいたかのようにすっかり馴染み、親しげに、楽しげに笑い合っている。

ラントは同世代の中ではああいう立ち位置に立つ子どもだったのかと、三人を見ていると楽しい。ハリー坊が自然に前に立つリーダー、アントン坊が明るくあたたかな雰囲気と場の勢いを作り、ラントがそれを穏やかに受け入れて支え包みながら笑っている。

皆賢くて、明るくて、思いやりがあり優しい。いっしょにいると彼らは本当に楽しそうだ。

ラントの曇りひとつない明るい顔を見てヤコブはほろりときた。やはり老人の心配なんて、だいたいが杞憂で終わるものだ。よいものには自然に、やっぱりよいものが集まるのだ。

今は三人して、薪を割ってくれている。

ヤコブが面倒がって湯を沸かさないので、たまにはゆっくり入ってくれとのことだ。やっぱりほろりと来てしまう。

「トゥルバのところにも泊まるのだろう？」

窓からラントに声をかけた。

「うん。今日行って探して、いつなら泊まっていいか聞いてみる。今の時期ならたぶんヌイヌルトの周りだ」

「水辺か。気をつけろよ、みんな」

「うん」

「はい」

「はい」

ヤコブはよっこらせと大きな肉の塊を取り出し、まな板に乗せる。

少年三人だ。やっぱり肉じゃなければいけない。串に刺して外で焼いて食べればきっと彼らも楽しかろう。

「何かできますか？」

アントン坊が廊下からひょっこり顔を覗かせた。

「あっちはいいのかい？」

「検証の結果、僕は戦力にならないことがわかりました」

真面目な顔で彼は頷く。

「薪割りはコツがいるからな。じゃあ野菜と順番こにして串に刺してくれるか」

『わかりました』

ヤコブはアントン坊を見た。

今のはサーヴァドの言葉だ。アントン坊が瞳とほっぺたをピカピカさせてヤコブを見ている。

『……ランドに習ったのかい？』

『はい。ですが、マダマダです』

『……そうか』

言いながらまたじわじわ目頭が熱くなってきたので、ヤコブは慌てて玉ねぎを切り始めた。

ヤコブが切ったものを、横でアントン坊が真剣な顔で串に刺していく。

ラントには友ができた。違う世界から来た子をただ受け入れるだけじゃない。目を輝かせ身を乗り出し、その世界をもっと知りたい、聞かせてほしい、分けてほしいと願ってくれる得難い友が。

あの日背中を見送ってから、本当はヤコブだって心配だった。ただ出自が、文化が違うというだけで、ラントのよさが、賢さが、美しさが誰にも見出してもらえず、学校でひとりぼっちで泣いていたらどうしようと。ラントに限ってそんなわけがないと思いながら、それでもそれを考えない日は一日だってなかった。届く楽しげな手紙すら、ヤコブに気を使ってのことではないかと、何度読んでも心配になった。

外の世界に出ることを決めきれず、泣いていたあの日のラントの顔を思い出したらもう涙は止まらなくなって、必要ないほどの量の玉ねぎが、まな板の上に並ぶこととなった。


ドン、ドン、ドン、と男たちの足が地を鳴らしている。

楽器はない。ただ人間の声とその剝き出しのたくましい体を叩くことで生まれる破裂音が、そこに激しく勇ましい本能に訴えかけるような音楽を作り出している。

動物の咆哮にも似た不思議な声。力強い、揃った動きと生み出されるエネルギーに、ビリビリと背筋が震える。

カパ・マカという、伝統的な踊りだという。客人として遇されさまざまな食べ物に囲まれ初めてのものに驚き楽しみながら食べるアントンたちの前に、それは披露された。

声を揃えて踊る男たちの仕切り役はまだ若い。たくましく精悍で、すごくかっこいい。最初に声を出し、皆がそれを繰り返す形なので、彼がリーダーなのだとすぐにわかる。

その若きリーダーの男こそがラントの父、トゥルバ＝テッラであった。

無駄を削ぎ落とすように鍛え上げられ、不思議で魅力的な入れ墨の彫られた彫刻のような体。豊かな黒髪は長く伸ばされ編み上げられている。燃え盛る炎の赤い光の中に浮かぶ彼は、それこそ地の神様みたいだ。こんなお父さんがいたら自慢したくなって当然だとアントンは思う。

いつも嬉しそうに、誇らしそうにラントはお父さんのことを語った。彼がどんなにあたたかいか、懐が深く、優しく、強く、かっこいいか。

アントンは横に座るラントの顔をそっと見た。

炎の赤をその白い面に反射させながら誇らしげに、嬉しそうに、だがどこか寂しそうに、ラントは踊りを見ている。

ラントの故郷であるはずのこの地で、ラントに供されるものはすべて食事も席も、アントンとハリーと同じ、お客様用のものだ。

アントンたちが見慣れたいつもの格好で、いつものラントでここにいる。本当ならあそこでいっしょになって踊ったってよさそうなのに。

それがしきたりなのだとラントは言った。

ヴァドが与えたテッラの名を捨てる前から、わかっていたことだと。

彼らは季節によって集団の数を変え移動を繰り返す。草がよく育つ夏はパルパロたちが奪い合うことなくみんなお腹いっぱい食べられるので、水辺で皆が集まって過ごすお祭りみたいな季節なのだそうだ。この時期に彼らは協力しながらパルパロから毛を刈り、乳を絞り、布を作り乳製品を加工する。ヴァドへの感謝を示す儀式をし、武術の試合をし、入れ墨を彫り、歌い踊る。

厳しい自然のなかで生きる彼らには共通の宗教と、守らねばならぬしきたりがある。地の宝であるパルパロの世話をやめヴァドの与えた名を捨てるものを、ヴァドはお怒りにならない。ただ、ヴァドの子じゃなくなるだけだ。

家を出てもいつでも温かく迎えてもらえるアントンたちと、ラントの常識は違うのだ。

それでもラントはセントノリスに進んだ。地平線の先の世界を知りたかったから。

友の強い決意に改めて胸を打たれ、それでも消えないだろうラントの寂しさを噛みしめながらアントンは食事をいただき、じっと踊る男たちを見た。

友が大切にしていたものを、今も大切にしているものを、しっかり目に焼きつけておきたかった。

夜。

三人同じ、これまた客人用だというテントの中。

「……広い……！」

「結構快適でしょう？」

「ああ。家だ」

「すごいだろう」

えっへんとラントが胸を張る。移動式だというその家は、床にはカーペットが敷かれ、身を縮める必要など少しもないほど天井が高く、しっかりとしている。

木を組み合わせて作られたベッドに腰掛けたラントが、なんだか元気がないような気がしてアントンは心配になった。

ラントが顔を上げ、微笑む。

「……大丈夫だよアントン」

「……」

ラントがアントンを見ている。穏やかな目で。

「わかっていたことだ。それでも、こうして迎えてくれた。形は違っても、気持ちは何も変わってないって、わかってる」

「……うん」

「テッラの名前を捨てても、僕は父さんの子だ。父さんだってそう思ってるってわかってるから、僕は大丈夫なんだ」

「うん」

ラントが立ち上がりアントンの横に座り、ぽんぽんとアントンの肩を叩いた。

「ありがとうアントン」

「……う……」

「お前が泣くな」

「……」

「……うん。本当は、こうやって目の当たりにすれば少し寂しい。でも、後悔なんてしてない。自分で決めたことだ。僕はセントノリスに行けて楽しい」

「うん……」

「ありがとう」

「うん……」

「ありがとう」

「……」

アントンが泣きながらラントに寄りかかったところで、外から声がかかった。

「父さんだ！」

「へえ！」

ぱあっと明るくなった顔でラントが言う。

アントンも一気に嬉しくなる。

ラントが入り口に走り、外の誰かと言葉を交わしている。まだ習い始めたばかりで、母語の人同士の早さだと上手に意味をとらえられない。

家、話、だけ断片的に単語がわかった。

「アントン、ハリー、少し出てくる。先に寝ていて」

振り向いたラントが嬉しそうだったので、アントンも笑顔で頷いた。きっと今日ラントはお父さんの家で眠るのだと思った。

「わかった」

ラントを見送って、アントンはハリーとおやすみを言い合い、明かりを消して目を閉じた。

暗くなった視界に、今日見たさまざまなもの、食べたもの、あの激しい踊りが浮かぶ。

耳たぶがまだじんじんしているような気がする。

どきどきして、興奮して、少しも眠くならない。


どれくらい時間が経ったのだろう。わずかな物音がして目を開ける。

外から誰か入ってきた。足音の軽さと小ささに、ああラントだと思いまた眠ろうとする。

でもやっぱり頭が変に冴えて、眠れない。

どうしよう、ふたりは寝たかなと思っているところに、また物音。

さっき入ってきた誰かが潜り込んだベッドからその人が立ち上がり、外に出た。

「……」

アントンは身を起こした。

「……ハリー……」

「うん。起きてる」

小さな声で暗闇に呼びかければ、ちっとも眠そうじゃない声が返ってきた。

ベッドを抜けて歩み寄る。外からの星明かりに、いつものハリーの顔が、白く浮かんでいる。

「……外に行こうハリー」

「湖がある。危ない」

「ラントがひとりだ」

言ったら涙が出た。

故郷で、家族がいて、ラントを大切な友達だと思っている自分たちがいる。

でもラントは今、ひとりを選んだ。

「……」

「……ラントがひとりなんだハリー。絶対に、ラントのしたいことの邪魔をしたりしないから。……本当のひとりぼっちにしたくない。話しかけられなくてもいい、側にいたい。……ハリー、ほらこんなに、星明かりがあるよ」

「……慎重に行くぞ」

「うん」

靴を履き、外に出る。本当に明るい夜だった。

どこの家も朝が早いのだろう、しんと静まり返っている。

「ハリー」

「なんだよ」

「……くっついても？」

「子どもか」

見知らぬ地、静かで、見えない何かがいるような気がする。

ほかに人が世界に誰もいないような不安で思わず頼めば、彼はすっと横に立ってくれる。

ああ、ハリー＝ジョイスはかっこいいなあと思いながら見上げた。

歩きながらきょろきょろと辺りを見渡す。鳥の声が不安を煽る。

「いた」

「え？」

「木の上だ」

湖のほとりに立つ背の高い木に目をやれば、確かに高いところの枝に、人の形があった。

ハリーと一緒に歩み寄る。

湖の澄んだ水面が風景を写し、上にも下にも満点の星空があるような、幻想的な世界が広がっている。

下に立って見上げたとき、一粒、雨が落ちてきた。

雲ひとつない星空に、雨が、一粒。

「……」

アントンはラントが泣くのを見たことがない。

彼はいつも穏やかで柔らかで、誰より世界が広く、男らしい。

「……」

「……」

ハリーと目を合わせ、木の幹の下に腰を下ろした。

アントンが知らない何かが、ラントに起こった。

その衝撃をきっと一度は飲み込んで、きっと笑って、眠ろうと思って寝つけずに彼はここに来た。

それは彼が誰にも見せたくないものだから高い木に登った。ひとりで。彼は誇り高い、ひとりの男だから。

だからアントンは、ここを守る。

その雨が降り止むまで、誰もここに近づけない。

ラントはアントンの大事な友達だ。まだ出会って数月。それでも一生ともに旅をしたいと思う、並んで世界を見たいと思う大切な友達だ。

本当なら、どうしたのって話を聞きたい。その背を撫でたい。涙を拭きたい。慰めたい。

でもラントは今そんなことは望んでいない。ラントは今、誰にも踏み込まれず、泣き顔を見られず静かにひとりだけで泣きたいのだ。

だからここを、ラントのひとりを守ろう。その雨が止むまで。

天を見上げ瞬く星を数える。吸い込まれそうな満天の星。

ひとつ、星が流れた。

ちゃぷん、ちゃぷんと水の音。

歌い踊る男たちの姿がまぶたに浮かぶ。

流れ星がまたひとつ。

夏の夜の、どこかにひっそりと宝物を隠しているような、湿気を含んだ不思議な空気。

ゆっくりと流れる時間の中で、たくさんの初めてのことに知らず知らず緊張していた気持ちがふっと凪いで、やがてちゃぷんと水音に溶けた。


光。

眩しさにアントンは目を開ける。知らない天井だ。

がばと身を起こすと、やっぱり知らない部屋。

「おはようアントン」

「おはようアントン。昨日は肩によだれくっつけてごめんって、ラントに謝ったほうがいいぞ」

「……」

光の中に友たちの顔がある。真ん中のテーブルに、湯気を出すものが並んでいる。

「今起こそうと思ってたんだ。食おう」

「包み焼きだよ。パルパロのお乳は飲み放題。食べようアントン」

「……」

立ち上がり、椅子に座った。

アントンはラントを見る。いつもの彼らしい、明るい、落ち着いた顔をしている。

「……ごめんね」

「なにも」

「……」

あのままアントンは寝てしまい、ラントに運ばれたのだ。

まったく、何が守ろうだ。アントンは自分の情けなさに目頭と頬が熱くなって俯いた。

大きな葉っぱに包まれた焦げ目のある白い生地に、なにか具が挟まっている。手に持つとほかほかで、すごく美味しそうだ。

かぶりつけば、お肉と、なにか刻まれたいろいろなものの味がした。食べたことのない味だけど、すごくおいしい。

「……おいしい」

「うん、うまい」

「ハリー、アントン」

「ん」

「うん」

ラントに呼ばれてふたりは手を止めた。

「父が結婚する」

「……そうか」

「……」

朝の光に浮かぶラントの顔は、静かに澄んでいる。

ふわふわの髪が朝日に透けて、とてもきれいだ。

琥珀色の瞳が、穏やかにふたりを見ている。

「強い男は、荷を持たなくてはならない。僕という荷がなくなったから、父は他の弱きものを、助けなければならない。旦那さんを亡くした若い女の人がいて、子どもがまだ小さい。父は、その人と結婚する」

「うん」

「……うん」

ごくんと口の中のものをアントンは飲み込んだ。

じっと穏やかな優しい目が、アントンを見る。

「……頭ではわかっていても、それを悲しいと思った。僕だけの父さんが、誰かの家族になってしまうことが。でもそれがすごく子どもっぽい考えだってこともわかってた。それでもやっぱり寂しくて、悲しかった。誰にもこんな子どもっぽい涙を見られたくないと思った」

ラントの声は静かで、優しい。湖の音みたいだ。

「途中から、下に君たちがいるのがわかった。あのまま、自分がここでほんとうのひとりぼっちになったと思っていたら、きっと悲しくて悲しくて、何も考えられなかった。僕には僕の誇りを、何も言わなくても護ろうとしてくれる君たちがいるってわかったから、安心してひとりになって、あそこでゆっくり泣けたんだ」

「……」

「……」

「ゆっくり泣けたから、自分の心の中の整理ができた。子どもっぽくたっていいんだ。僕はまだ父さんが大好きで仕方ない、父さんの子どもなんだから。この寂しさと悲しさは、今の僕のとても大切なものだから、無理に見ないふりしたり、押し込めたり消そうとしたりしない。寂しさと悲しさがそこにあることを認めて、大事にして、僕の一部にする。父を尊敬する気持ちも、大好きな気持ちも何も変わらない。僕が、永遠に父の息子であることも」

穏やかに言い切るラントは少し、大人になったような気がした。

「アントン」

「なあに」

琥珀色のきれいな目が、じっとアントンを見ている。

「僕、寂しい」

「……うん」

アントンは彼の背を撫でた。

瞬いたラントの瞳から、透明な涙が落ちてやわらかな白い頬を伝う。

「寂しいよアントン」

「うん……」

大粒の涙を流しながらひっくとアントンはしゃくりあげた。なんでだろうラントよりも泣いている。

しばらくそうして泣いた。

ハリーは静かに、視線を外して朝の光を見ている。

ふわふわの髪を頰に当て寄り添って泣きながら、やがて目元を赤くしたラントがにっこりと笑った。

「ありがとうハリー、アントン。僕はこの夏に、君たちといっしょにここに来られて、よかった」

「……」

「そうか」

「……うう……」

「なんでまだアントンのほうが泣いてるんだ？」

「……泣いてないよ」

「そうか」

そうしていっぱい泣いて落ち着いてから、みんなでゆっくり朝ごはんを食べた。

パルパロのお乳は味が濃くておいしかった。

荷物を整理して、お弁当をもらって、三人は旅立つ。

知識の船、セントノリスに向けて。

またみんなで、未知への豊かな楽しい旅に出るために。

「ハリー、ラント」

「ん？」

「なあに」

馬を操るラントの細い背中を、本を読むハリーの横顔を見て、アントンは言う。

「また、この三人でいつか旅に出よう」

「……ああ」

「うん」

「きっと楽しいよ」

「うん」

いつか。それがいつの日かはわからないけれど。

きらきらと風景が、前から後ろに走っていく。

夏が終わる。旅が終わる。

そしてまた、旅に出る。

少しだけたくましく、大人になった気がする。セントノリス一年目の夏休みが終わっていく。

《了》

あとがき

今日の夕飯はおでんだよ、と子どものころに言われ、はしゃいだ記憶がありません。ハンバーグじゃない。エビフライじゃない。カレーじゃない。今日はおでん。茶色くてくたくたで、地味。おかずというほどご飯が進むわけでもなく、かといって主食なわけでもない。なんでかやたらと練り物が多くて、腹は膨らむけどパンチがない。おでん。みんな同じ味に感じたものです。子どものころは。

おでんの良さに気づいたのは酒を覚え、仕事を始め、そしてそれらにもうくたびれたときでした。

胃に優しい。カロリー控えめでタンパク質たっぷり。たくさん食べても罪悪感一切なし。いやもうなんならもうあごの力だって使わなくたっていい。優しい。酒に合う。

出汁のにおいを吸い込みながらお猪口を傾けぐびり。高級大吟醸じゃなくていいんですおでん屋さんですもの。ちょっと安っぽさを感じるくらいの酒が妙に合う。作中にはありませんがやわらかめの豆腐が好きです飲んでるんだか食べてるんだかわからない種。

ぱくっと食べてクイと飲み、餅巾着もいいですねしいたけと鶏肉が一緒に入ってたら最高です。さすがにあれはひと口では無理なのでかじりまして、あっ今のところ鶏肉入ってない部分だった残念だなあと思いながら次のひと口には必ず入っているという期待にニヤリとしながら汁を飲む。

かみしめればじゅわっと汁を出すのはなんでしょうがんもどきかな。作中でヤコブが食べてるひじきと豆が入ってるタイプ、好きです。

なんならお店でなくたって大丈夫です。なぜか満開のころに雨が降ってやたらと寒くなる花見の公園で、売店で売ってたプラスチックの皿に入った湯気の出るおでん。カップ酒とご一緒に。絶対レトルト温めただけでしょうこれという味なのに染みる。冷えた体に染み渡る。

コンビニのだって最高です最近のは本当においしいですね。飲みの帰りに、あるいは食欲はないけど夜なんか食べなきゃいけないなあというときに。すきっ腹は胃に悪いですからね。はいそこでおでん。おでん。次の日に残らないよ。優しいよ。

弱ったときに腹に染みる優しさ。あれやこれややらかしたダメ人間でも許してくれる気のする懐の深さ。コンビニで好きなのだけ、ひとつから買える手軽さ、気安さ。あなたの隣に、いつだって、おでん。

そんな優しさを異世界に届けたいなと思ったわけではありませんが、なんでか飛びました。おでん。頑固で偏屈な婆さんをくっつけて。神の使いのナイス采配。

申し遅れました。この度は『おでん屋春子婆さんの偏屈異世界珍道中』をお買い上げいただき誠にありがとうございました。本文の最後の一字まで飲み干してここをご覧いただけておりましたら、こんなに嬉しいことはございません。

今日はここまででございますが、お気が向きましたらまたどうぞいらしてください。この先も煮込んで、またのお越しをお待ちしております。

紺染 幸

ブレイブ文庫
チート薬師のスローライフ
＋異世界に作ろうドラッグストア＋
著 ケンノジ
ill. 松うに
ほのぼの
スローライフ
ファンタジー
原作小説1〜7巻好評発売中!!
©Kennoji / HIFUMI SHOBO

転生貴族の異世界冒険録
～カインのやりすぎギルド日記～
原作：夜州
漫画：佐々木あかね
キャラクター原案：藻
レベル１の最強賢者
原作：木塚麻弥
漫画：かん奈
キャラクター原案：水季
我輩は猫魔導師である
原作：猫神研究信仰会
漫画：三國大和
キャラクター原案：ハム

神獣郷オンライン！
原作：時雨オオカミ
漫画：春千秋
ウィル様は今日も
魔法で遊んでいます。ねくすと！
原作：綾河ららら
漫画：秋嶋うおと
キャラクター原案：ネコメガネ
バートレット英雄譚
原作：上谷岩清
漫画：三國大和
キャラクター原案：桧野ひなこ
コミックポルカ
COMICPOLCA
話題のコミカライズ作品を続々掲載中！
毎週金曜更新
公式サイト
https://www.123hon.com/polca/
Twitter
https://twitter.com/comic_polca
コミックポルカ
検索

唯一無二の最強テイマー
～国の全てのギルドで門前払いされたから
他国に行ってスローライフします～
原作：赤金武蔵　漫画：田村紘一
キャラクター原案：LLLthika
異世界還りのおっさんは
終末世界で無双する
原作：羽々音色　漫画：ダンタガワ
処刑された聖女は
死霊となって舞い戻る
原作：緒二葉　漫画：蚊
キャラクター原案：みなせなぎ

雷帝と呼ばれた最強冒険者、
魔術学院に入学して
一切の遠慮なく無双する
原作：五月蒼　漫画：こばしがわ
キャラクター原案：マニャ子
モブ高生の俺でも
冒険者になれば
リア充になれますか？
原作：百均　漫画：さぎやまれん
キャラクター原案：hai
魔物を狩るなと言われた
最強ハンター、
料理ギルドに転職する
原作：延野正行　漫画：奥村浅葱
キャラクター原案：だぶ竜
COMIC
NOVA
ノヴァ
話題の作品
続々連載開始!!

BRAVENOVEL
ブレイブ文庫

おでん屋春子婆さんの偏屈異世界珍道中 1

2022年10月25日　初版第一刷発行

著　者　　紺染　幸
発行人　　山崎　篤
発行・発売　株式会社一二三書房
〒101-0003
東京都千代田区一ツ橋2-4-3 光文恒産ビル
03-3265-1881
製版協力　株式会社精興社
印刷所　　中央精版印刷株式会社

ISBN 978-4-89199-875-2 C0193